龍の初恋、Dr.の受諾

樹生かなめ

講談社X文庫

目次

龍の初恋、Ｄｒ.の受諾――6
龍の産声――258
あとがき――325

イラストレーション／奈良千春《ならちはる》

龍《りゅう》の初恋《はつこい》、Dr.《ドクター》の受諾《じゅだく》

1

ロールス・ロイスにジャガーにベントレー、メルセデス・ベンツなどの高級車が明和《めいわ》病院のロータリーに進む。この場を見る限り、病院には見えないだろう。お抱え運転手がハンドルを操る高級車で病院にやってきた患者たちだ。

「ホームドクターがバカンスに出てしまって」

髪の毛を紫色に染めた老婦人は外来の総合受付で顔見知りの老人と語り合っている。

「たまには病院もいいですよ」

「ええ、気分転換にいいかもしれません」

「内科の看護師がきついのがたまに瑕《きず》ですが」

一番忙しい内科の外来は迅速さを求められるので、自然と看護師の口調や態度がきつくなってしまう。院内のスタッフにしてみれば不可抗力だが患者には関係ない。

「どうしてきついスタッフを解雇しないのかしら」

「わしの会社なら即刻解雇ですが、今はそういうわけにはいかんのでしょう」

「氷川《ひかわ》先生は優しいのにねぇ」

髪の毛を紫色に染めた老婦人は若手内科医の氷川諒一《りょういち》がお気に入りで、いつも指名している。氷川が外来を担当していない日にやってきて、診察をしろとごねたこともあった。結果、困り果てた総合受付のスタッフが氷川を呼んだ。

「わしも一番のお気に入りは氷川先生じゃ。年寄りの話もいやがらずに聞いてくれるしのう。孫の婿に欲しいんじゃが」

患者は総合受付を通った後、それぞれの診療科に向かう。

内科の外来受付では上品な老婦人たちが集まって、バカンスについて楽しそうに話していた。

「バカンスはどちらに行かれるのですか？」

ドバイで娘夫婦と一緒にバカンスを楽しむ予定の老婦人は、ネットを被っている老婦人に尋ねた。

「主人は軽井沢《かるいざわ》の別荘でゆっくりしたいと申しているのですが、息子夫婦がモナコの別荘に行きたいと申しまして」

「モナコはいいところですから、息子さんの気持ちもわかるわ」

病院をサロン代わりにする老人は少なくはない。明和病院は都内でも有数の大きな総合病院であるが、例外ではなく、老人たちのサロンと化していた。

小高い丘に建つ明和病院の患者の大半は、付近に広がっている高級住宅街の住人だ。特権階級に属している患者は、相手が医師でも怯《ひる》んだりしない。だが、どれほど権力を持っていても暴飲暴食のツケは払わなければならない。

「検査の結果をよく見てくださいね。クレアチニンが非常に高い」

内科医である氷川は目の前に座っているでっぷりと太った貿易会社の中年社長に、悪いなんてものではない検査結果の説明をした。

運動らしい運動もせず、毎日のように松阪牛《まつさかうし》のサーロインステーキを食べていたら腎臓《じんぞう》もおかしくなる。一日にワインを二本も空けているのだから当然だ。貿易会社の中年社長の食生活を聞いて呆《あき》れ果《は》てたが、氷川は内科医としてこれからのことを話した。

「松阪牛は控えてください」

「但馬牛《たじまうし》ならいいですか?」

松阪牛が駄目ならば但馬牛、と真面目《まじめ》な顔で尋ねてきた貿易会社の中年社長に、氷川は顎《あご》を外しそうになるが、今はそんな場合ではない。

「そういうわけではありません。このままではすぐに透析《とうせき》です。動物性たんぱく質中心の食生活を改める必要があります。奥さんと一緒に栄養指導を受けてください」

「栄養指導って、食事は私の唯一の楽しみですよ」

美食家である貿易会社の中年社長は氷川に真っ向から反論した。腎臓の機能が著《いちじる》しく低下しても、食生活を改めるつもりはまったくないようだ。

誰のための食事制限なのだ、と氷川は口にしたいができない。持てる理性を総動員して感情を抑え込んだ。

「人工透析はあなたが思っている以上に大変です。今ならばまだ間に合うでしょう。動物性たんぱく質の摂《と》りすぎです。食事制限をしましょうね」

「氷川先生、透析をしたら食事制限をしなくてもいいんですよね？」

人工透析がどれだけ大変か、氷川がどんなに口を酸っぱくして説明してもわからないのだろう。人工透析になってしまったら、どんなに後悔しても遅い。

「人工透析は回避させたい……回避させてさしあげたい、そう思っています」

美食を人生最大の楽しみとして位置づけている貿易会社の中年社長は、なかなか食事制限に同意しなかった。

メディアで健康に関することが頻繁に取り上げられる現在、医者の言葉を信じない患者は珍しくはない。患者がそれなりの歳《とし》を重ね、高い地位を築いていたらなおさらだ。医師の場合は年齢も関係あるだろう。若い医師は半人前、という説がまかり通っているせいで、二十九歳の氷川はとてもやりにくい。

けれども、内科医としての実力を、ほかの医師から詰《なじ》られたことは一度もない。氷川の医薬品の知識は抜群で、明和病院にいるほかの若手内科医とは違う。胃薬として胃潰瘍《いかいよう》の薬を出した秋吉《あきよし》や、妊娠している患者に副作用のある薬を出した多田《ただ》とは比べるまでもない。遊びらしいことはいっさいせず、血の滲《にじ》むような努力を重ね続けて得た実力だ。激務をこなしている今も、勤勉さは失われていない。

「お酒を飲まれていますね。検査の結果に出ています。お酒を飲んでは駄目ですよ」

美食に命をかけているような貿易会社の中年社長の次は、大酒飲みのご隠居だった。氷川は改めて禁酒を言い渡す。

「氷川先生、養命酒《ようめいしゅ》ですよ」

養命酒は酒ではない、とご隠居が言い張るので氷川は頭を抱えたが、ここで負けてはいけない。優しい声音で諭すように言った。

「養命酒もお酒です」

裕福な患者に比例するように、贅沢病《ぜいたくびょう》患者が多い。主義というわけではないのだが、粗食で酒も飲まない氷川には、飲み食いに命を削る患者がまったく理解できなかった。

飽食の時代を体現している患者に接すると、水で飢えを凌《しの》いでいた子供を思いだす。アスファルトの地面に投げ捨てられていたジュースの空き缶に、あの子は口をつけていた。ゴミ箱の中からチョコレート菓子の箱を拾い、微かにあった残骸《ざんがい》を口に含んだ。それも、嬉《うれ》しそうに。

相川清和《あいかわせいわ》という名の痩《や》せ細《ほそ》っていた小さな子供は、華奢《きゃしゃ》な少年だった氷川の腕の中にすっぽりと収まった。

今、あの子がここにいれば好きなものをお腹《なか》いっぱい食べさせてあげるし、欲しいものをなんでも買ってあげる。そんな氷川の切ない思いが消えることはない。

大酒飲みのご隠居の次は、脂肪の着ぐるみを着た中年女性だった。

「高血圧、高脂血症、高コレステロール、痩せないと、数年後にかかる病気がはっきりしていますよ。寝たきりなんていやでしょう？」

「氷川先生、私は水を飲んでも太るんです」

ふくよかな女性の常套句《じょうとうく》が出たので、氷川は苦笑を漏らした。本当に水だけで過ごしていれば、すぐに体重は落ちるだろう。

「そんなことはありません。その水には色がついていませんか？」

「色がついている？」

「ジュースとかコーラは太りますよ」

氷川が力を込めて言うと、ふくよかな女性患者は口元に手を添えて笑った。

「氷川先生、ジュースは水じゃないですか」

予想通りの言葉が返ってきて、氷川は軽く息を吐いた。ジュースが水であると思い込んでいる患者は意外にも多い。

「ジュースは砂糖水ですから控えてください。お茶にしてください」

氷川は薬草茶を指示したつもりだが、ふくよかな女性患者には通じていなかった。

「お紅茶ならいいのですか？」

ふくよかな女性患者がどうして太ったのか、氷川は確かめなくてもよくわかる。基本的に太るものが好きなのだ。

「紅茶に入れる砂糖が問題なのです。砂糖が太ることはご存知ですね？　生きていくうえで糖分は必要ですが、今はとにかく体脂肪を減らさないといけません。プールで歩くとか、運動もしたほうがいいですね」

「氷川先生は細いからいいわねぇ。体質ですの？」

ふくよかな女性患者から羨《うらや》ましそうに見つめられて、氷川は苦笑いを浮かべた。決して肯定してはいけない。

「肥満は万病の元ですから、注意はしています」

氷川の身体《からだ》はどこもかしこも細く、身長も百七十を辛《かろ》うじて越した程度だ。肌の色も透き通るように白いので、典型的な『モヤシ』である。銀縁の眼鏡《めがね》をかけていて、白衣を身につけていると神経質そうなインテリエリートといった風情《ふぜい》が漂っていた。

冗談などいっさい受け入れないような外見のせいで誤解を招くのか、患者や院内スタッフに『冷たい先生』と陰口を叩《たた》かれることもある。しかし、眼鏡を外した氷川を見た者は『日本人形』だと口を揃《そろ》えた。

憂いを含んだ日本人形は女性ならば絶賛されたかもしれないが、男では軽く見られるだけだし、威厳が必要な医師という職業では不利だ。たとえ視力がよくても、顔立ちを隠すために眼鏡をかけていただろう。

せわしない外来診察を終えて医局に戻り、論文に目を通しながら遅い昼食を食べていると、若手の内科医である多田がしたり顔で声をかけてきた。

「氷川先生の保護者は氷川総合病院の氷川正晴《まさはる》院長先生ですよね」

「そうです」

多田は氷川よりも少し身長は低いが体重ははるかに重く、陰気なキツネ目に大きな鼻の持ち主だ。医者でなければ女性に相手にされなかっただろうが、男社会の中では過ごしやすい容姿である。

氷川と多田は名門と謳《うた》われている清水谷《しみずたに》学園大学の医学部を卒業した内科医だが、正確に言えば大学の医局から明和病院に派遣されている派遣医であり、同年代の二人はライバル関係にある。首都圏で名の通った大規模総合病院である明和病院に派遣されたのは幸運だったが、いつまたどこに異動させられるのかはわからなかった。明和病院に残るとしても、氷川か多田、どちらか一人だ。

人事権は清水谷学園大学の医局に握られていて、本人の意思はほとんど聞き届けられない。

名誉教授の孫や理事の甥《おい》、世界に名だたる財閥の会長の息子など、付加価値のついた優秀な同期が数人いるので、氷川も多田も大学に戻れる見込みはないだろう。もし、大学に戻れたとしても先は見えている。

大手総合商社の重役の息子である多田は、清水谷学園大学の理事の一人である医学部の教授の姪《めい》と婚約して、氷川を一歩リードしていた。

「氷川先生は氷川院長の実の息子さんではないとか？　施設から引き取られたとお聞きしましたが事実なのですか？」

多田が口にした通り、氷川は物心がついた時から施設にいたが、十二歳の時に子供のいなかった氷川夫妻に引き取られた。義父は氷川総合病院の院長であり経営者で、氷川は子供心にも後継者として引き取られたことを理解していた。

「そうです」

氷川が氷川総合病院の院長の養子であることは知る人ぞ知る事実で、べつに隠したりはしていない。

「氷川先生の実のご両親は、どこで何をしていらっしゃるのですか？」

自分のライバルにあたる氷川が氷川総合病院の院長の養子だと、今日まで多田は知らなかったようだ。氷川が氷川総合病院の院長の実子ではないと知って、多田は自分の優位を確信したらしい。多田の氷川に対する態度が明らかに変わっていた。もっとも、多田のような人間は決して少なくはない。

「さぁ」

氷川は実の両親がどのような人物だったのかは知らない。氷川は施設の前に捨てられていた赤ん坊だ。触れられたくない話題なので、氷川は曖昧《あいまい》な微笑で終わらせようとしたが、多田は楽しそうに突っ込んできた。

「氷川先生も大変ですよね。跡取りとして引き取られたのに、氷川院長に子供が生まれたんですからね。小耳に挟みましたが出来のいい息子さんだとか？　だからですか、氷川総合病院で働かないのは」

多田が嫌みを言っていることはよくわかるが、氷川はどのような言葉を返せばいいのかわからなかった。

「多田先生……」

「実の息子ができたら施設から引き取った子供など邪魔なだけですからね。お辛いでしょうね」

多田がへらへらと笑いながら顔を覗《のぞ》き込《こ》んでくるが、氷川は感情を出したりはしない。多田の言葉に同意しても、同意しなくても、虚しいだけだ。氷川が無言で聞き流していると、多田は勝ち誇った態度で見下した。

「実のご両親がどのような方かわからないのでしたら、それも問題があると思いますよ」

氷川は多田に軽く笑って返す。これくらいで傷ついていたならば、とっくの昔に『弱い奴は辞めろ』と、言われている医師の世界から逃げだしている。弱肉強食をそのまま表していたような施設での暮らしを思えば可愛《かわい》いものだ。

氷川と多田のやり取りを、医局にいた数人の医師たちが興味津々といった風情で注目していた。こんなところは医師も子供となんら変わらない。

「氷川先生、よく医者になりましたね。義弟《おとうと》さんが生まれたのだから医者になる必要はなかったでしょう」

執拗《しつよう》な多田に何か言い返そうかと思ったが、氷川は柔らかな微笑で応《こた》えた。彼のような輩《やから》は本気で対峙《たいじ》するだけ時間の無駄だ。氷川は自分の中で多田をばっさりと切り捨てる。

氷川が口を噤《つぐ》んでいるので、多田は調子に乗った。

「施設から引き取ってくれた氷川院長のためにも、義弟さんのためにも、どこか遠いところでお仕事をされてはどうですか。氷川先生も何かとお辛いでしょうし」

僻地《へきち》に行け、と多田は言っているのだろう。直《じか》に言葉に出さないところが多田の最後の良心かもしれない。

「実のご両親が何をされていたのかわからない方ではねぇ。犯罪者の可能性もないとは言い切れませんし、施設の前に子供を捨てる親なんてねぇ？　氷川先生を捨てなければならない理由があったんでしょうが、ご両親が人殺しだったら医者という職業柄、いろいろと問題がありますね」

氷川が無言で微笑《ほほえ》んでいると、話を聞いていた整形外科医の芝貴史《しばたかふみ》が冷たく言い放った。

「医者に出自は関係ありません」

顔と頭は反比例という説があるけれども、容姿端麗の形容が相応《ふさわ》しい医師は本当に微々たるものだ。美男子だとしても身長が低かったり、体形が生活習慣病患者並みだったり、なんらかの難点がある。それなのに、芝はスラリと伸びた長身と怜悧《れいり》な美貌《びぼう》を誇っている数少ない医師だった。

際立《きわだ》つ容姿の芝に挑まれて、不細工代表である多田はコンプレックスが刺激されたらしく、陰険なキツネ目を凶悪なまでに細めて言い返した。

「芝先生がそんなことを言うんですか？　東都《とうと》銀行頭取の息子さんは何かと便利でしょう」

芝は財閥系の大手銀行である東都銀行という絶大なバックを持っているが、氷川が知る限り、利用した痕跡《こんせき》はない。ストイックなまでに真面目な医師だ。芝の真摯《しんし》な姿勢と実力は氷川も感心せずにはいられないが、多田は認める気がないようだ。

「患者と治療に医者の出自など関係ない」

芝の冷たく突き放すような口調と態度に押されたのか、さすがの多田も言葉に詰まったようだ。普段は無口な芝なので、その発言の効果も大きい。

芝は言うだけ言うと、医局から出ていった。

氷川は心の中で同じポリシーを持つ芝に謝辞を述べる。芝は他人を寄せつけない冷酷なムードを漂わせている医師で、これといって接触はないのだが、氷川は密かに親しみを感じていた。

医師の世界には熾烈《しれつ》な競争があり、実力だけでは出世できず、上にいくには政治的手腕が必要だ。

氷川は政治的手腕どころか上昇志向さえ持ち合わせてはいない。なりたくてなった医者という職業をまっとうするのみ、と考えている。

『氷川先生、ありがとうございました』

善人ぶるつもりは微塵《みじん》もないが、退院していく患者や家族から向けられた感謝の言葉が氷川の励みなのだ。

氷川はパンと牛乳の昼食をすませると、病棟に向かった。仕事が尽きることはない。夜の十時前に帰宅できる日は滅多になかったし、本来ならば休日であるはずの土日にも何かしらあることが多い。仕事漬けの日々だが不満を持ったことは一度もなかった。

深夜の二時、氷川は誰も待つ者がいないワンルームマンションに帰った。今は義父からの援助をいっさい受けずに暮らしている。七月初旬の深夜、今年は例年になく暑いがクーラーはつけない。

『いい話なので考えてください。一度会いましょう。近日中に……』

留守録に義父からのメッセージが入っていた。

「断ったのに」

氷川はミネラルウォーターのペットボトルを持ったまま、がっくりと肩を落とした。

施設育ちの孤児が氷川家に引き取られた理由は、成績がよく、顔立ちが義母に似ていたからだと聞いている。氷川総合病院を継ぐ者として氷川家に引き取られたが、娯楽の類はまったく与えられず、成績を上げるための勉強を詰め込まれた。氷川は氷川夫妻が期待した通りの成績を、必死になって守ったものだ。

けれど、運命の皮肉か、氷川夫妻に諦《あきら》めていた実子が生まれた途端、氷川の環境は一変した。敵意を剝《む》きだしにしたのは、誰よりも優しく迎えてくれた義母だった。

『氷川家は正人《まさと》くんに継がせます。諒一くんは施設に返して』

正人が生まれた時、氷川は十五歳で中学校に通っていた。何もわからない子供ではないので、施設に戻されることを覚悟したが、地元の名士である義父は世間体《せけんてい》を気にした。

『そういうわけにはいかないだろう』

『この家の財産は正人くんのものです。正人くんはあなたの本当の息子ですよ』

『落ち着きなさい』

氷川夫妻が激しく言い争っているのを、氷川は聞いたことがある。褒《ほ》めてくれるのが嬉しくて、一生懸命勉強した自分がひどくみじめだった。

近所のアパートに住んでいた小さな子供の前で、氷川は涙ぐんだことがある。

『諒兄ちゃん、どうしたの？　目が赤いよ』

心配そうに覗き込んでくる小さな清和は、あどけなくて可愛いが切ない。

『……ん、僕のことはいいんだ。清和くん、またお水飲んでいるの？』

まだほんの子供だというのに、清和は公園の水でよく空腹を凌いでいた。だらしのない母親が退園を迫られるほど保育園費を滞納してしまい、清和はちゃんと食事が与えられる保育園で過ごすことさえできなくなっている。清和の母親は食事の用意を滅多にしない。たまにテーブルにパンを置く程度だ。

『おいで、何か買ってあげる』

『諒兄ちゃんのお小遣いなくなっちゃうよ』

『そんなことを気にしなくていいの』

いつもお腹を空かせている清和におにぎりや菓子を買ってやって、痛々しいほど澄んだ瞳《ひとみ》に癒されたのは氷川だった。あの頃、無邪気な清和がそばにいなければ、氷川は崩れ落ちていたかもしれない。

もう医者にならなくてもいい、勉強しなくてもいい、医者にならないでくれ、勉強しないでくれ、そんな氷川夫妻の気持ちは、言われなくてもよくわかっていた。

それでも、氷川は自分の意思で医者という職業を選んだ。施設で育った氷川には、医者という職業が特別に思えたのである。出自の知れない孤児でも医者になれば馬鹿《ばか》にされることはないし、生活には困らないからだ。

義父が学費を出してくれたおかげで、無事に医学部を卒業することができた。

氷川総合病院や氷川家の資産に未練はない。愛されて育っている義弟の正人が憎くないと言えば嘘《うそ》になるかもしれないが、恨んでもいないし、呪《のろ》ってもいない。

今では施設から引き取って育ててもらった感謝のほうが大きかった。氷川夫妻に引き取られなければ、どうなっていたかわからない。可憐《かれん》な容姿をしていたのも一因だが、施設で氷川はよく痛めつけられていた。施設時代の悪夢には今でもたまに魘《うな》される。

氷川は義父からのメッセージを消去しつつ、誰に聞かせるわけでもない独り言を漏らした。

「困ったな」

都会に医者は溢《あふ》れているが地方に行けば行くほど少なくなり、跡取りのいない個人病院など掃いて捨てるほどある。

つい先日、なんの前触れもなく義父から、地方の開業医の一人娘とのお見合いが持ち込まれた。

義父の昔からの友人の愛娘《まなむすめ》らしいが、氷川本人の気持ちを完全に無視して、話は勝手に進んでいる。

すでに、見合い写真と釣書《つりがき》は断りの言葉を添えて義父に送り返した。それなのに、また送られてきた。

お嬢様学校として名高い短期大学を卒業したばかりの若い女性は、名家の令嬢らしく、写真の中で清楚《せいそ》な魅力を振りまいている。義父の言う通り、願ってもない、いい話だ。婿養子であっても、それなりの財産と立派な病院があった。

氷川は強い上昇志向がないし、多田との争いに負けて明和病院を去ることになっても仕方がないと諦めている。誰も行きたがらない田舎の救急病院や老人病院に飛ばされてもいやがらずに赴く。

しかし、義父の今回の命令には従えない。いや、誰から命令されても従えない。

氷川は憂鬱《ゆううつ》な気分でシャワーを浴びると、通信販売で購入した安いパイプベッドに潜り込んだ。

2

翌日の午前中、内科の医長が学会に出席しているので、氷川《ひかわ》が代理で外来の診察を担当していた。目まぐるしいことにはなんら変わりがない。

「氷川先生、医事課の久保田《くぼた》主任がいらしています」

氷川が次の患者のカルテを手に取った時、若い女性看護師に告げられた。聞き覚えのある名だ。

「医事課の久保田主任？」

医事課の久保田薫《かおる》がカルテを手に、何度も頭を下げながら入ってきた。

「氷川先生、すみません、診断書を至急送ってほしいという患者さんがいまして」

院内で行われた副院長主催のワインパーティで、久保田と言葉を交わしたが、感じのいい青年だった。久保田は童顔で小柄なので、スーツを着ていても学生のようだ。二十七歳だと聞いた時、氷川は自分のことを思い切り棚に上げて驚いた。

ワインパーティの後、若手外科医の深津達也《ふかつたつや》が久保田を理由に副院長の娘との見合いを断った、という噂《うわさ》が氷川の耳にも届いた。一時、医局でも評判になっていたが、深津が堂々とノロケていたので信憑性《しんぴょうせい》はない。深津にそのような性癖があると感じたことは一度もなかった。

氷川は恐縮している久保田に優しく微笑《ほほえ》むと頷《うなず》いた。

「診断書ですね。……あぁ、あの方か」

久保田から渡されたカルテに目を通してから、氷川は診断書にペンを走らせる。

診察中に割り込んですみません、と久保田が泣きそうな顔で詫《わ》び続《つづ》けるので、氷川はにこやかな笑顔で話しかけた。

「君のところの、医事課の女の子が深津先生を追い回しているって聞いたけど、ぼやぼやしていると取られちゃうよ」

深津は医者には珍しい長身の美男子なので、院内における女性スタッフの人気を整形外科医の芝《しば》と二分している。クールで近寄りがたい芝と違い、爽《さわ》やかで明るい深津は親しみやすいだけに、女性からの誘惑が多そうだった。現在、医事課の若い女性スタッフが深津に大胆なアプローチをしているのは周知の事実だ。

「な、何を言うんですかっ、氷川先生までそんなことを言わないでくださいっ」

真っ赤な顔でうろたえる久保田があまりにも可愛《かわい》くて、氷川はつい言葉を重ねてしまった。

「深津先生が受付にいる可愛い男の子を理由に副院長の娘さんとの見合いを断ったって、僕も聞いたけどね」

可愛い男の子という形容が久保田にはしっくりと馴染《なじ》むが、本人は不服らしく唇を尖《とが》らせた。

「受付にいる可愛い男の子、って……もう男の子って歳《とし》じゃないのに、それに、深津先生はモテるでしょう。女の子をフるのが面倒くさくなって俺の名前を出したんです。スケープゴートになった俺はいい迷惑です」

深津に久保田が利用されたということは、氷川だけでなくスタッフの誰もが気づいていた。けれども、深津や久保田の性格を考えると、無性に揶揄《からか》いたくなるのだ。

「あぁ、そういう話も聞いたかな。久保田主任が可愛いから噂に尾鰭《おひれ》がついちゃったんだね」

氷川に悪気はいっさいなかったが、久保田は真っ赤な顔で首と手を大きく振り、足も派手に踏み鳴らした。全身で拒絶している。

「可愛いって、やめてください。氷川先生のほうがずっと可愛いです。眼鏡《めがね》を外したら日本人形みたいな顔してるじゃないですか。ワインパーティの時に見ましたよ」

ワインパーティの時、レンズが曇ったので眼鏡を外したが、その瞬間、周りにいたスタッフが全員、氷川の素顔を凝視した。

『綺麗《きれい》』

申し合わせたわけではないだろうに、誰もが同じタイミングで同じ言葉を口にして、それぞれ感嘆の息を漏らした。

『日本人形みたいだな』

副院長が八十五年のシャトー・マルゴーの栓を抜きながら氷川の美貌《びぼう》をさらに褒《ほ》め称《たた》えた。

周囲にいたスタッフは競うように相槌《あいづち》を打ったが、氷川はそそくさと曇ったレンズをハンカチで拭《ぬぐ》って眼鏡をかけた。白衣を身につけている時、容姿についてあれこれ言われるのは好きではない。

眼鏡をかけてからでも顔をまじまじと見つめるスタッフがいて、居心地が悪かったのを覚えている。

「僕が日本人形ね、金太郎《きんたろう》?」

氷川は診断書に印鑑を押しつつ、久保田に確かめるように尋ねた。

「いやっ、金太郎じゃなくって、着物を着た綺麗な女の子の日本人形です。……あ、すみません。こんなこと言われるのいやですよね」

久保田は男らしくない容姿にコンプレックスを抱いているフシがあるので、慌てて氷川に頭を下げた。

「僕の顔は医者には不利だね」

眼鏡と白衣というアイテムがなければ、氷川は医者に見てもらえない。それは今現在の氷川の最大の悩みだが、時が解決すると呑気《のんき》に考えていた。

「医者はハッタリが必要ですもんね」

久保田は可愛い顔で力強く言ったが、氷川は目を丸くしてしまう。

「……ハッタリ」

「すみません、失言でした」

久保田は己を責めるように天を仰いだ後、目の前で両手を合わせて謝罪のポーズを取った。いたく反省しているようで、深く腰を折ったままなかなか顔を上げない。

「いや」

氷川が優しく微笑んだ時、なんの前触れもなく、凄《すさ》まじい怒鳴り声が右隣の診察室から響いてきた。

「この落とし前、どうやってつけるんじゃっ」

「それでも医者かっ」

「指の一本や二本ですむと思うなっ」

現在、右隣で診察している医師は若手の内科医である多田《ただ》だ。

「な、何事ですか？」

驚愕《きょうがく》で滑りそうになった久保田に尋ねられても、氷川には答えることができなかった。

「さぁ？」

 氷川と久保田が顔を見合わせても、多田がいる診察室で何が起こっているのか想像もつかない。

「きゃぁーっ」

隣室にいた若い看護師の甲高い悲鳴が響き渡った後、多田の震える声も聞こえてきた。

「あ、あのっ……こっ、こんなところにっ……そっ……そのっ……」

いくらなんでも聞こえなかったふりをするわけにはいかない。氷川は椅子《いす》から立ち上がると、多田がいる右隣の診察室を覗《のぞ》いた。そして、予想だにしていなかった光景に言葉を失った。

一見して、ヤクザだとわかる男たちが、今にも倒れそうな多田を取り囲んでいる。

銀のストライプ入りの黒いスーツに濃い紫色のシャツという姿の男が、震えている多田の襟首を乱暴に摑《つか》んだ。

「……ひっ」

多田の怯《おび》えた悲鳴があがった。

白いスーツに柄物の赤いシャツを着た若い男が、多田の頰《ほお》をデスクにあったカルテで撫《な》でる。一種の威嚇だ。

多田は真っ青な顔で声にならない声を漏らす。

診察室には十人以上、凶悪な人相の男たちがいた。多田が座っていた椅子は床に転がっているが、診察室を破壊した痕跡《こんせき》はない。

「……君たちは」

氷川が思わず言葉を漏らすと、眉間《みけん》に傷のある大男が凄《すご》んだ。

「関係ないセンセイは隠れていなさい」

「あ……」

眉間に傷のある大男はグレーのスーツを身につけていて、ほかの人相の悪い男たちのように一般人には理解しがたい服装をしていないし、歳相応の落ち着いた髪型をしているが、単なる渋い中年というには迫力がありすぎた。顔立ち自体は整っているのだが、いかんせん目つきが鋭すぎるし、眉間の傷がその正体を教えている。多田に直接詰め寄る気配はなかったが、その大物らしい風格と振る舞いから、この凶悪な団体の責任者だと察することができた。

眉間に傷のある大男に見覚えがあるので、氷川は必死になって記憶を手繰《たぐ》った。どこかで一度、会っているはずだ。

迫力のある大男は氷川の視線の意味に気づいてはいない。

「それとも、センセイが責任を取ってくださるんで？」

患者の命を預かる医師だからか、氷川は責任という言葉に引っかかる。

「うちの若いモンを殺した責任です」

眉間に傷のある大男は世間話のようにサラリと恐ろしいことを言ったので、氷川は理解できずにきょとんとした面持ちで聞き返した。

「殺した？」

「責任？」

氷川は凶悪な人相の男たちに囲まれている多田を見つめた。倒れないほうがおかしいくらい真っ青な顔をしていて、日頃の傲慢《ごうまん》な姿はどこにもない。

眉間に傷のある大男は氷川の言葉に答えず、黒いスーツ姿の若い男に近寄った。

黒いスーツ姿の若い男は悠然と立っている。この凶悪な集団のトップだと思われた眉間に傷のある大男は、明らかにその若い男に敬意を払っていた。

ほかの人相の悪い男たちとは別格らしい二人の姿を見た瞬間、氷川は忘れようとしても忘れられない過去を思いだす。

今から十一年前、医大受験がさし迫った冬のことだった。予備校からの帰り道、天気予報に反して雪が降りだした。雪が降ると楽しそうに飛び跳ねていた清和《せいわ》を思いだせば、氷川の頰が自然に緩むものの、ぼんやりしている場合ではない。家に向かう足取りが速くなったが、清和が住むアパートの前に黒い外車が停《と》まっていたのを見た時、立ち止まった。

『橘高《きったか》、返しなさいよ、その子はあたしの子よっ』

清和の母親が黒い外車に近寄る長身の男に叫びつつ、力任せにスーツの上着を引っ張った。『橘高』と呼ばれた男は小さな清和を抱えている。

『園子《そのこ》さんはまだお若い。やり直してください』

橘高はいっさい動じず、狂わんばかりの園子に言った。

『橘高、あんなはした金じゃ、その子は渡さないわよ』

園子は般若《はんにゃ》のような顔で黒い外車のボンネットを叩《たた》いたが、小さな清和を大事そうに抱えている橘高は落ち着いていた。

『園子さん、馬鹿《ばか》なことは二度と考えないでくださいね』

橘高は言うだけ言うと、小さな清和を抱いたまま黒い外車に乗り込もうとした。その瞬間、清和は道端に佇《たたず》んでいる氷川に気づいたようだ。

『諒《りょう》兄ちゃんっ』

清和は大声で叫ぶと、橘高の腕から下りようとした。だが、目を細めた橘高にやんわりと止められる。

橘高は車の外で小さな清和を抱え直すと、そのまま器用に後部座席に押し込んだ。車内には体格のいい男がいて、もがく清和を押さえつけた。

『清和くん、清和くんをどこに連れていくんですかっ』

身も凍るような寒い雪の日、小さな清和を連れ去ろうとする橘高に、高校三年生の氷川は詰め寄った。

『諒兄ちゃん、諒兄ちゃん、諒兄ちゃんっ』

氷川を呼ぶ清和の声が辺りに響く。後部座席で清和は暴れているらしく、体格のいい男は低い悲鳴を上げていた。

『痛……痛……おいおい、清和くん、嚙《か》むなよ』

橘高は車内を横目で窺《うかが》いながら、スーツの上着の胸ポケットから牛革の財布を取りだした。

『君は清和くんを可愛がってくれた子だね、ありがとう』

橘高は氷川の手に一万円札を数枚握らせると、清和がいる黒い外車に乗り込んだ。

『待ってください。清和くんっ』

引き止める間もなく、小さな清和を乗せた黒い外車は走り去ってしまう。

小さい清和は滅多に泣かなかったが、あの時は氷川の名を呼びながら泣きじゃくっていた。

清和の母親は氷川には目もくれず、アパートに戻っていった。

その迫力と眉間の傷で、氷川の脳裏から橘高の面影が消えることはなかった。今、この場所にいる男は小さな清和を連れ去った橘高だ。氷川はそう確信する。

橋高の横にいる長身の若い男に、氷川は視線を流した。

鍛え抜かれた見事な体軀《たいく》に仕立てのいい黒いスーツが映えて、白いシャツと淡い色のネクタイが一種の清涼感を漂わせている。ルックスで稼ぐステージモデルに見えないこともないが、切れ上がった鋭い双眸《そうぼう》の冷たさと身に纏《まと》っている迫力は尋常ではない。

橋高に連れ去られた時、清和は八歳だった。今は十九歳ぐらい。目の前にいる若い男は十九歳には見えないけれども、肌から察するに若いことは確かだ。

氷川は目の前にいる長身の若い男をじっと見つめた。

髪の毛は長くもなく短くもなく、今時の若い青年のような髪型をしている。端整な顔立ちは色男と言っても過言ではないが、単なる美男子ではない。かといって、際立《きわだ》つ姿や立ち居振る舞いはほかのヤクザとは明らかに一線を画している。

氷川の視線に気づいたのか、若い男の鋭い目が向けられた。

視線が合った瞬間、氷川は身体《からだ》が竦《すく》んだ。鋭く切れ上がった目の迫力は半端ではなく、どこか狂気を帯びている。暴力団関係者とは目が合っただけでも危ない、と頭ではわかっていても、鋭い双眸は強い磁気を発しているかのように氷川を解放しなかった。

若い男は氷川から視線を外す。

凍《い》てついた雪の日を連想させる冷たい双眸から解放されて、氷川は身体の硬直を解いた。

あの雪の日、眉間に傷のある橘高が連れ去った小さな清和はどうなったのか。今でも橘高のそばにいるのか。小さな清和の顔立ちは大柄な美人だった母親に似ていたので、容姿の将来は約束されていたはずだ。

あの小さな清和くんが無事に育っていたら、と氷川は頭の中で幼かった清和を成長させた。八歳の清和を十九歳の清和にすると、積もった雪を前に飛び跳ねていた無邪気な子供が黒いスーツを着た長身の若い男に繋《つな》がる。けれども、あどけない笑顔を浮かべていた清和がヤクザになっているとは信じられない。

腕の中ではしゃいでいた可愛い清和を脳裏に浮かべてさんざん悩んだが、橘高の存在が氷川の予想を肯定している。氷川は躊躇《ためら》いながら声をかけた。

「清和くん?」

落ち着いてよく見れば、痛々しいほど澄んだ瞳《ひとみ》を持っていた子供の面影がある。陰があるけれども、チンピラじみたところは微塵《みじん》もない。

「…………」

風か何かのように無視されてしまったが、氷川は再度、彼の名を口にした。

「相川《あいかわ》清和くんだろ?」

無言で睨《にら》まれるが、氷川は怯《ひる》まなかった。清和だと思い込んだ若い男の迫力に竦んだりはしない。

「僕を覚えていないのか？　子供の頃、近所に住んでいた氷川諒一《りょういち》だよ。君は僕を諒兄ちゃんと呼んでいた。清和くん、大きくなったなぁ」

氷川は懐《なつ》かしそうに彼に近づいた。清和だと思うと、自然に目が潤む。

「人違いです」

若い男は顔色ひとつ変えず、氷川の思いを否定した。彼の声はとても低い。

「何を言っているんだ。僕が清和くんを間違えるはずがない。どうしてこんなことをしているんだ」

氷川の目は潤んでいたが、若い男は淡々としていた。

「ですから、お人違いです」

人違いだと言われても、氷川には確固たる自信があった。彼が弟のように可愛がっていた清和だ。

「昔の面影があるよ。清和くん、子供の頃から整った顔をしていた。やっぱり、お母さんに似ているね」

清和だと思うといろいろな思いが込み上げてきて、氷川の声は上ずった。昔のように抱き締めようとして、自然に渋面《じゅうめん》の若い男に手が伸びる。

だが、若い男はさりげなく身体を引いた。

「俺の知り合いに先生のような立派な方はおりません。お人違いですよ」

ヤクザの団体に真正面から飛び込んでいった氷川に、久保田を始めとする院内のスタッフは度肝を抜かれていた。

今の氷川は周囲がまったく見えていない。目の前にいる若い男しか見えていないのだ。

「君は何者なんだ？」

清和でなければ何者なのだ、と氷川は目をしとどに潤ませたまま訊《き》いた。

「眞鍋組《まなべぐみ》の者です」

初めて耳にする名に、氷川は瞬《まばた》きを繰り返した。

「眞鍋組？」

若い男が口にした眞鍋組が一般企業だとは思わない。間違いなく、眞鍋組という暴力団組織だ。世間に疎《うと》い氷川でもそれくらい知っている。

「俺の知り合いに先生のような方はいらっしゃらない。お人違いです」

若い男に拒絶するようにぴしゃりと言われて、氷川は当惑してしまった。

「あ、あの……」

誰かが呼んだのだろうか、総務の部長と中年の警備員たちが震えながらやってきた。

「ここではなんですから、あちらのほうでお話を伺います」

総務の部長が真っ青な顔で言うと、若い男は尊大な態度で鷹揚《おうよう》に頷いた。

「多田先生、話をつけてもらいましょうか」

屈強なヤクザに両脇《りょうわき》を摑まれたまま、顔面蒼白《がんめんそうはく》の多田が立ち上がった。そのまま引きずられるようにして連れていかれる。

「清和くん」

氷川はなおも縋《すが》ろうとしたが、清和と思われる若い男はヤクザの集団とともに診察室から出ていった。どこからともなく、いくつもの溜《た》め息《いき》が漏れる。

氷川はその場に呆然《ぼうぜん》と立ち尽くした。

「氷川先生、知り合いなんですか？」

久保田がガクガクと下肢を震わせながら尋ねてきたので、氷川はいとけない清和を脳裏に浮かべて答えた。

「知り合いに似ていたんだ」

氷川の答えを聞いて、久保田の可愛い顔が引《ひ》き攣《つ》った。

「ヤクザに似ている知り合い？」

久保田の声が裏返っているが、氷川は気にせずに過去を語った。

「昔はとても可愛い子だった。違うのかな、でも……」

久保田は心の底から無鉄砲な氷川を案じているようで、顔つきと声が険しくなった。

「氷川先生、あんな人たちに近づいちゃ駄目ですよっ」

久保田の剣幕で、氷川の脳裏から幼い清和が消えた。

「あ……」

「ヤクザですよ、ヤクザ」

施設にいた頃、指のない男が面会に来ていた。日頃は手のつけられない乱暴な子供が凶悪な人相をした父親に甘えていたものだ。面会者が一度も現れたことのない氷川は羨《うらや》ましくて仕方がなかった。ヤクザと聞いても怯えたりはしないが、久保田の懸念は氷川にもわかる。

「あ、あぁ……」

「氷川先生は真面目《まじめ》すぎて、ちょっと世間知らずなところがあるから心配です」

童顔で年下の久保田にしみじみとした口調で言われて、氷川は苦笑を漏らしてしまった。

「いや……その……」

「住んでいる世界が違う人です。近寄ったらどんな目に遭うかわかりませんからね」

氷川は久保田に好感を抱いているが、あちらも親近感を持っているようだ。氷川を本気で心配しているらしく、久保田の表情はどこまでも真剣だった。

「医者がヤクザにつけ込まれたら、どんなことをさせられるかわかりませんよ」

「あぁ」

もっともな久保田の意見に、氷川は反論できなかった。

以後、院内は騒然としていたが、患者に悟られるようなミスは誰もしない。明和《めいわ》病院のスタッフはそれ相応の教育を受けている。

医局は多田と眞鍋組の話で持ちきりだった。

多田が当直の夜に、腹痛を訴える若い患者が救急車で運ばれてきたらしい。若い患者は酒を飲んでいたという。多田は単なる腹痛と診断して処置したが、患者は帰宅後も痛みがひかずにのた打ち回ったそうだ。腹痛ではなく、急性虫垂炎だった。多田の完全な診立《みた》て違いである。その若い患者が眞鍋組の構成員だった。

「内臓が破裂したとかしないとか、本当か？」

白髪《しらが》頭《あたま》の産婦人科医が怪訝《けげん》な顔で尋ねたが、中年の外科医は首を傾《かし》げた。

「さぁ？　知らん」

「本当に亡くなったのか？　アッペだろ？　今は暴力団も苦しいらしくて、窃盗チームを組んでいるところもあるらしいぞ」

「金目当てで脅《おど》しに来たのか？」

暴力団にも不況の嵐《あらし》は吹いているらしく、物騒な話は後を絶たない。暴力団構成員が上納金を作るために路上強盗や銀行強盗をしたという話は、何気なく読んだ新聞や週刊誌などで氷川も知っている。

「少しでも金になりそうなことに手を出すのが暴力団だ」

氷川はいっさい口を挟まずに、医師たちの口から出る話を聞いていた。眞鍋組自体に関する情報は誰も持っておらず、一番知りたいことは氷川の耳に入ってこない。

けれども、屈強な男たちを従えていた若い男は絶対に清和だ。自分でもわからないが、氷川には確信があった。

学生時代から使用している黒いシステム手帳の中には、進学校の制服を着た氷川とランドセルを背負った清和の写真がある。二人でいるところを、たまたま通りかかった氷川総合病院に勤めている看護師が撮ってくれたのだ。

古い写真を前に考え込んでいると、医局の秘書から電話を回された。

「氷川先生、お電話です」

氷川は電話の主を確認して愕然《がくぜん》とする。なんの前触れもなく、義父が病院の受付に来ているのだ。時間を確かめれば五時を軽く過ぎている。

義父からの申し出を断ることもできずに、明和病院の近くにある喫茶店で会った。窓際には赤とピンクのブーゲンビレアの鉢植えが飾られていて、店内には軽快なピアノ曲が流れている。

二人分のコーヒーがテーブルに運ばれた後、義父は単刀直入に切りだしてきた。

「願ってもないよい話だと思う。彼女の父親は私も心から尊敬している。立派な医者で、人格者だ。娘さんは優しい奥さんになると思う。いったい何が不満なのだね？」

久しぶりに会った義父から疲労と焦燥を感じて、氷川は戸惑ったが視線を逸らしたりはしない。

「僕にはもったいないお話です。過ぎたお話ですから、身分不相応なことは控えます」

氷川が義父に逆らうのは初めてだが、こればかりは承諾できない。きっぱりと突っぱねた。

「真面目な勤務態度は評判らしいな。院長からも話は聞いた。君は私の養子なのだし、何も気にすることはない」

しぶとい義父に真正面からぶつかっても無駄かもしれない。氷川は香りのいいコーヒーを一口飲んでから、あえて答えがわかっている質問をした。

「僕の本当の両親が誰か知っていますか？」

「何も聞いてはいない。施設の方も何も知らないのだろう」

伏し目がちの義父を、氷川は真正面から見据えた。

「もし、僕の実の両親が犯罪者だったら？　ありえない話ではないでしょう」

ぼたん雪が降りしきる寒い日、生後一月足《ひとつきた》らずで施設に捨てられた氷川は、望まれてこの世に生まれてきた子供ではない。それだけは捨てられた氷川にもわかっている。

コインロッカーや山奥に捨てられるよりもマシか、と自嘲《じちょう》気味《ぎみ》に呟《つぶや》いたことがあるけれども、氷川は凍死寸前だったと聞いていた。

「気にすることはない」

義父は一蹴《いっしゅう》したが、見合い相手が名家の跡取り娘である以上、氷川の出自は不幸の原因になりかねない。

「僕は今のままで充分です。医学部に行かせてもらって、ここまでしてもらった恩は忘れてはいません。これ以上は何も望んでいません」

何も望んではいない、多くを望んでも仕方がない、何も望むな、と氷川は今までの人生の中で学んだ。人生はままならないもので、諦《あきら》めることも必要だ。いや、諦めないと辛くてやっていけない。

氷川は毅然《きぜん》とした態度で気持ちを告げたが、義父はまったく取り合ってくれなかった。

「本当にいい娘さんなんだ。一度、会ってみなさい」

義父が急《せ》かすようにテーブルを軽く叩いたので、氷川は思い切り首を振った。

「いえ、もう、それは……」

「ほかに誰か結婚を考えている人でもいるのかね？」

頑《かたく》なに見合いを拒む氷川に、もっともな質問が義父から投げられる。氷川は感情を入れずに淡々と答えた。

「まだ、僕は半人前ですよ」

「私としてはこの話を進めたい。そろそろ諒一にも落ち着いて、幸せになってほしい。先方も是非《ぜひ》に、ということだ」

跡取りとして施設から引き取った氷川の行く末に責任を感じているのか、義父は切なそうに顔を歪《ゆが》めた。氷川の幸福を願う義父には哀愁が漂っている。

「お願いですから、もうやめてください」

氷川はテーブルに顔がつくのではないかと思うほど、義父に向かって深々と頭を下げた。

「諒一……」

義父が怯んだ隙《すき》を見計らって、氷川は話をガラリと変えた。

「お義父《とう》さん、近所にあったアパートのみどり荘に住んでいた相川清和くんを覚えていますか？　清和くんが住んでいたアパートは取り壊されてマンションになっているみたいですけど、今はグリーンハイツですか」

清和が住んでいたアパートの何室かを、義父は看護師の寮として借りていた。グリーンハイツ・マンションになった今でも、看護師の寮として何室か借りているという。すぐ前に広々とした公園があって、氷川と小さな清和はよく会った。

「……あぁ、みどり荘に住んでいたあの派手なホステスの子供か。子供は清和とかいう珍しい名前だったたね」

ゴミの日を守らない、たまに異臭がする、しょっちゅう男を連れ込んで騒いでいる、とみどり荘に住んでいた看護師たちは清和の母親に怒っていた。院長である義父や大家にもクレームは届いたという。

「そうです。清和くん、あの子の母親はホステスでした。あの子とあの子の母親がどうなったか知りませんか？」

氷川は俄然《がぜん》勢い込んだが、義父は軽く首を左右に振った。

「いや、清和くんがいなくなってから、どこかに引っ越したらしいな。それ以後は知らない。それがどうかしたのか？」

「いえ……」

清和が橘高に連れていかれたのは、氷川が医大の受験を控えている冬だった。大学進学とともに氷川は学生寮に入って、数えるぐらいしか帰っていないけれども、それ以後、清和の母親の姿を見たことは一度もない。

「諒一はあの子を弟のように可愛がっていたな」

当時、義父は何も言わなかったが、氷川の様子をきちんと把握していたらしい。リチャード・ジノリの白いコーヒーカップを手にした義父には、過去を懐かしんでいる気配があった。

「あの子はいつも一人で公園にいました。食事も満足に与えられていないみたいで、可哀《かわい》相《そう》で……」

清和はクラブ勤めの母親とアパートに住んでいた。何度も替わる母親の恋人は井戸端会議の話題に上ったものだ。恋人といっても母親に養われているヒモであり、狭いアパートの中で小さな清和は邪魔者でしかない。母親の恋人によく暴力を振るわれ、清和はアパートから逃げるように飛びだすと、公園で過ごしていた。

十歳年下の子供が、氷川は可愛くて仕方がなかった。初めて清和を見た時、まだ二歳で満足に喋《しゃべ》ることもできなかったけれども、日に日に成長していく様子がまた可愛くて、今でも思いだすだけで頬が緩む。そして、切なくなる。

『清和くん、お水ばっかり飲んじゃ駄目だよ。お腹が空いたの?』

夕闇《ゆうやみ》に包まれている公園の水飲み場で、小さな清和は水を飲んでいた。好きで水を飲んでいるのではない。飢えを満たすために水を飲んでいるのだ。

『うん』

『おいで』

氷川が手招きをしたら、小さな清和は目をキラキラさせてやってくる。

『清和くん、お腹が空いたからって万引きしちゃ駄目だよ』

充分というほどの小遣いは与えられていなかったが、氷川は清和のために金を使った。

『うん』

氷川家に小さな清和を連れていくと義母は怒った。水商売の母親と私生児と思われる子供に、義母は嫌悪感《けんおかん》を隠そうともしない。やっぱり生まれ育ちが、と清和を可愛がる氷川を詰《なじ》った。

氷川は義母に隠れて、誰にも構ってもらえない清和を可愛がった。

『清和くん、この傷はどうしたの？　またぶたれたの？』

『うん』

『痛かっただろう。可哀相に、手当てをしないと』

小さな清和の頬は無残にも腫《は》れ上《あ》がっていた。正確に言えば、清和の身体から殴打の痕《あと》や火傷《やけど》の痕が消えたことはなかった。

児童虐待がメディアで頻繁に取り上げられている今ならば、清和の家庭内に踏み込めたかもしれない。しかし、十数年前、家庭のことに他人が口を出すのは憚《はばか》られた。

幸薄いと思われる子供が、ヤクザになっていてもおかしくはない。もしかしたら、なんらかの理由でヤクザに取り込まれたのかもしれない。

「諒一、君は心根が優しい。汚い競争のある大学の医局員よりも開業医のほうが、優しい諒一に合っていると思うよ」

義父はしみじみと言うと、氷川の白い手に軽く触れた。

「お義父さん」

重ねられた義父の手に、氷川は確実な老いを感じた。以前、会った時より白髪も増えたようだし、顔には老人性の斑点《はんてん》も目立つ。

「諒一には幸せになってほしい」

「あ……」

どんなに縁談を断っても、氷川の幸福のためだと主張している義父は引かない。氷川は疲労を感じていたが、決して流されたりはしなかった。

「参ったな」

氷川が病院から呼びだされなければ、いつまでたっても話し合いは終わらなかっただろう。執拗《しつよう》な義父に氷川は辟易《へきえき》した。

3

翌日、多田《ただ》は出勤しておらず、さまざまな憶測が院内を飛び交った。

「多田先生はどうしたんだ？」

「眞鍋《まなべ》組にいくらか払ったみたいだぞ。眞鍋組はそれが狙《ねら》いだったんだろうが」

「多田先生は大学からどこかに飛ばされたんだな？」

清水谷《しみずたに》学園大学はこのような不始末を表沙汰《おもてざた》にはしたくない。何か問題を起こせば、誰も行きたがらない僻地《へきち》の病院へ送られることは暗黙の了解だ。

「いや、飛ばされる前に自分から出たみたいだぞ。多田先生は離島の病院なんかで我慢できる男じゃないからな」

多田は金もバックも持っていたが、肝心の実力は持ち合わせていなかった。清水谷学園大学の理事の姪《めい》との婚約も解消されたようだ。

「氷川《ひかわ》先生、よかったな。多田先生が消えたよ」

ほかの医師にしたり顔で肩を叩《たた》かれて、氷川は面食《めんく》らってしまった。虚しい勝利に喜ぶような性格ではない。

「眞鍋組って眞鍋興業のことだってな」

眞鍋組についての新たな情報を入手した医師がいたので、氷川は聞いていないふりをして耳を傾ける。

「北野《きたの》製薬の接待で行く店が、眞鍋興業の店だろ？」

「ああ、あの『ドーム』だっけ」

「吉永小百合《よしながさゆり》に似たママがいる『ドナウヴェルト』もそうらしいぞ」

氷川は『ドーム』なる店にも『ドナウヴェルト』なる店にも、接待や付き合いで連れていかれたことがあった。店の場所は知っている。

大学の医局にいた頃、北野製薬のＭＲに眞鍋興業資本のソープに連れていってもらったという医師もいた。

「そこら辺一帯が眞鍋組のシマなんだろうな」

お喋《しゃべ》りな医師たちの会話から、氷川も眞鍋組の権力範囲がなんとなく把握できる。清和《せいわ》だと思った若い男は眞鍋組の関係者だと言った。無邪気で可愛《かわい》かった清和がヤクザになったと思いたくはない。しかし、幸薄い少年の行き着く先として暴力団の可能性は否定できなかった。

暴力団は恐ろしいが、清和への思いが強すぎたのか、気づくと氷川の足はその場所に向かっていた。

眠らない大都会の夜の街には、派手に着飾った夜の蝶《ちょう》と女性に夢を売る男が闊歩《かっぽ》している。

眞鍋組の権力を象徴しているような眞鍋興業の大きなビルは、大通りですぐに見つかった。ビルの外観に暴力団を連想させる雰囲気はなく、入り口の前に人は立っていない。

「失礼します」

氷川が顔をひょっこりと出すと、眞鍋興業ビルの内部にいた関係者たちは一様にぎょっとしたような表情を浮かべた。

「何か？」

首に金のチェーンネックレスをした若いチンピラが、氷川をじろじろと眺めつつ応対した。

金髪頭の若い男から白髪《しらが》が目立つ中年男まで、ざっと見回して十人近く揃《そろ》っているが、それぞれ甲乙つけがたいほど人相が悪い。おまけに、一般人には不可解な極道ファッションに身を包んでいる。ヤクザ独特の迫力に、氷川は気圧《けお》されてしまった。

「……あ、ヤクザみたいな人ばっかり」

指定暴力団である眞鍋組の総本部に乗り込んで、そんなセリフを口にした者は今までいないだろう。独り言のように呟《つぶや》いた氷川に、若いチンピラはぶっ、と噴きだした。

「お兄さん、ここがどこだかわかっているので？」

呆《あき》れ顔《がお》の若いチンピラに言われるまでもなく、眞鍋組の総本部だとわかってはいるが、氷川は言《い》い淀《よど》んでしまった。

「えっと……」

「ソープは『うさぎのみみ』へどうぞ。イメクラは『リモージュ』へ。ご融資は向かいにある『橘高《きったか》ローン』へ」

若いチンピラはおどけた様子で、ソープやイメクラがある大通りを手で示す。聞き覚えのある名前に、氷川は綺麗《きれい》な目を見開いて反応した。

「……橘高、橘高さん」

氷川が橘高の名を口にした瞬間、その場の空気が一瞬にして変わった。それまで氷川を馬鹿《ばか》にしていた男たちの顔つきが豹変《ひょうへん》する。

「お兄さん？」

若いチンピラが探るように見つめてくるので、氷川は掠《かす》れた声で用件を言った。

「あの、だから、清和くんに会いに……」

氷川が清和の名を出すと、若いチンピラは言葉を失った。ほかの男たちの間に緊張が走る。

「清和さんですか？　清和さんのお知り合いで？」

その場にいた組員の中で一番年上だと思われる中年男が、氷川にゆっくりとした口調で尋ねてきた。

「そうです。氷川諒一《りょういち》と言います」

氷川は後先考えず、堂々と名乗った。

「お待ちくだせぇ」

中年の組員は後ろを振り返ると『ショウ』と低く呼んだ。

「はい」

ショウと呼ばれた若い男は一礼すると、奥の部屋に入っていった。不良少年がそのままヤクザになったようなショウの意外な礼儀正しさに、氷川は驚いて目を見開く。

すぐに、ショウは戻ってきて中年の組員に耳打ちした。

「清和さんはお客人を知らないと言っています。お帰りください」

中年の組員は出口を指しながら、氷川を帰そうとした。

「いや、あの、ちょっとだけ、ちょっとだけでいいから、清和くんに……」

なんのためにここまでやってきたのか、氷川は焦ってしまった。出口を示す中年の組員に真剣な顔で食い下がる。

「お客人、お帰りなさい」

「一目だけでいいんです」

「ここはお客人が来るようなところではありません。二度と来ちゃいけませんぜ」

顔立ちも身体《からだ》つきも途方もなくいかつい中年の組員は、優しい声音で氷川を諭そうとした。

氷川も中年の組員の言わんとしているところはわかるが、ここで説得されるわけにはいかない。

「あのっ、ヤクザさんっ」

目の前にいる中年の組員の呼び名がわからずに、氷川は『ヤクザさん』と呼んだが、楽しそうに笑われた。

「そうです、自分はヤクザです。ここは眞鍋組の総本部です。こんなところにカタギの方がいらしちゃいけません」

氷川は眞鍋興業ビルを追いだされるような形で出た。しかし、氷川は眞鍋興業ビルから立ち去ろうとはしなかった。清和に会うまでは帰れない。

「清和くんに会わせてください」

氷川はふたたび眞鍋興業ビルの中に入ろうとしたが、入り口で数人の若い組員たちに押し返された。

「お客人、早く帰りなさい」

入り口に立ちはだかったスキンヘッドの若い男は宥《なだ》めるような口調で言ったが、氷川は首を大きく振った。

「清和くんに会うまでは帰れない。あの子は僕の大切な子なんだよ」

「怖い目に遭う前にさっさと帰れよ」
スキンヘッドの若い男は困惑しきった顔で手を振った。
「なんでもいいから、清和くんに会わせて。諒兄ちゃんが会いに来た、って伝えてくださ
い」
氷川がどんなに訴えても総本部に入れてくれないが、不思議なくらい組員たちの口調と
態度は優しかった。
「困った兄さんだな」
「清和くんに会うまで帰らないよ」
粘る氷川に辟易《へきえき》したのか、問答無用で眞鍋興業ビルのシャッターが下ろされる。
「あ……」
目の前でシャッターを下ろされたら、いくら氷川でも諦《あきら》めるしかない。シャッターを叩
くことはせず、駅に向かってとぼとぼと歩きだす。ガラス張りのビルの前を通りかかった
時、肌も露《あらわ》な派手な女性がいきなり腕を絡めてきた。きつい香水の香りに、氷川は咽《む》せか
えりそうになる。
「お兄さん、綺麗ね」
「……は？」
氷川はホステスだと思われる派手な女性に眼鏡《めがね》を取られて慌てた。裸眼だとほとんど見

えない。

「……やだ、眼鏡を取ったら本当に綺麗、女よりも綺麗じゃない。……ね、お兄さん、ちょっとお話ししていってよ」

淡い色の上品なスーツは、氷川の白皙《はくせき》の美貌《びぼう》にとても似合っていた。着飾ったホステスはまじまじと氷川の憂いを含んだ白い細面を見つめている。

「ちょっと、眼鏡を返してください」

「私、お兄さんみたいな人が好きなのよね、サービスするから寄っていって」

媚《こび》を含んだ夜の蝶のキャッチに、普通の男ならば誘われるままについていってしまうかもしれないが、氷川はそれどころではない。

「お願いですから、眼鏡を返してください」

「お兄さん、私と一緒にお話ししてくれたら眼鏡は返してあげる」

腕を絡めてくる派手な女性は、ふふっ、と艶《つや》っぽく微笑《ほほえ》んだ。

「あの、ホステスさんですか？」

「ええ、しっとりとしたいいお店なのよ、寄ってってちょうだい」

氷川の脳裏に医局で交わされていた眞鍋組資本の店が浮かんだ。眞鍋組も多くのホステスを扱っているはずだ。

「お店って、眞鍋興業のお店ですか？」

氷川の唐突な質問に、自分の容姿に自信のあるホステスは戸惑ったようだ。

「どうしてそんなことを聞くの？」

「眞鍋組の清和くんを知っていますか？」

清和の名前を聞いた途端、ホステスの豊満な身体に緊張が走る。氷川を見つめ直してから、慎重に清和について語った。

「この場所にいる者で、眞鍋組の清和さんを知らない者はいないわ」

ホステスの緊張は氷川にもはっきりと伝わった。不安が込み上げてくる。

「清和くんは何をしているのですか？」

十九歳の未成年が暴力団に何をさせられているのか、考えれば考えるほど氷川の胸は不安で張り裂けそうだ。

「あなた、何者？」

ホステスの綺麗に整えられた細い眉《まゆ》が顰《ひそ》められたが、氷川は食い入るような目で質問を続けた。

「清和くんは本当にヤクザなのですか？　どうして眞鍋組にいるのですか？　もしかして眞鍋組に囚われているのですか？」

いつからいたのか、ホステスと氷川の間に眞鍋組のショウが割り込んできた。野生の豹のように敏捷《びんしょう》な動作だ。

「レイナ、眼鏡を返してやれ」

ショウにレイナと呼ばれたホステスは、素直に氷川に眼鏡を返すと背を向けた。すぐに新しいカモを物色し始める。女性のためのホストクラブも多いが、この場所は基本的には大人の男のための歓楽街だ。

「お兄さん、早くお帰りなさい」

ショウの宥めるような口調に、眼鏡をかけた氷川は苦笑を漏らした。

「帰るつもりだったんだけどね」

「駅まで送りましょう」

意外にも親切なショウに促されて、氷川は駅に向かった。

「どうしてそんなことをしてくれるの?」

禍々《まがまが》しいネオンの洪水に流されず、ショウは悠々と泳ぐように歩いている。インテリエリートのムードを漂わせた氷川一人ならば、カモとばかりに玄人女《くろうとおんな》が寄ってきて離さないだろう。

「ここは金に縁のない方が遊べる場所じゃありません。このところ未収金が多いのでね」

ショウは掌《てのひら》をひらひらとさせて、未収金の回収に駆りだされる眞鍋組を示唆した。

「あの、君、ショウくん?」

氷川がおそるおそる名を呼ぶと、ショウは精悍《せいかん》な顔に屈託のない笑みを浮かべた。

「はい？」

「僕の職業を知っているのですか？」

「存じません」

「医者だよ」

医者は儲《もう》かる、医者は金持ちだ、が一般人による評価だ。いろいろあるので実際にはそうでもないのだが、氷川が一般に流布《るふ》している医者へのイメージに困惑したことは一度や二度ではない。

ショウは医者の実態を知っているようで、軽く口笛を吹いて茶化した。

「それはそれは……では、お医者様、開業したら遊びに来てください。いい子が揃っている店をご紹介します」

清和と同じ歳《とし》ぐらいだろうか、隣にいるショウに何か温かいものを感じて、氷川は単刀直入に尋ねた。

「清和くんはどうして眞鍋組の構成員になったのですか？」

ショウは呆れた様子で氷川から視線を逸らすと、聞きわけのない子供に接するような口調で言った。

「お兄さん、カタギのお人が極道なんかに近寄ってはいけません。火傷《やけど》じゃすみませんからね」

氷川だって暴力団には何があっても関《かか》わりたくないが、清和が絡んでいるとなれば話はべつだ。橘高に連れ去られた時の清和の泣き声が、氷川の耳にこびりついて離れない。

「清和くんは僕の大事な子だった。本当の弟みたいに思っていた。心配してどこが悪い？……まさか、借金か何かで眞鍋組に売られたとか？　それで清和くんが眞鍋組の組員になるしかなかったとか？　そんな非道なことは許されないよ」

氷川は眞鍋組に苦しめられている清和が容易に想像できた。暴力団には悪いイメージしかない。なんらかの理由で清和が眞鍋組に囚われているのならば、どんなことをしてでも助けてやりたかった。

氷川の悲壮な決意を、ショウは言葉では表現できない表情で打ち砕いた。

「ですから、お人違いです。清和さんは眞鍋組の組長の実子ですよ」

予想だにしなかったショウの答えに、氷川はひたすら驚愕《きょうがく》して転倒しそうになってしまったが、すんでのところで踏み留まる。

「……く、組長の実子？　あの、母親は派手なホステスで……」

長い髪の毛を染めた清和の母親と歴代のヒモたちが、氷川の瞼《まぶた》に次から次へと浮かぶ。けれど、眞鍋組の組長らしき男は浮かばない。

「極道の女房はだいたい夜の蝶です。夫が困っていたらソープに身を沈めるのが極道の女房ですしね」

ショウは風俗店の看板を指で差しながら、なんでもないことのように厳しい極道の世界を語った。

「あの……」

氷川はショウに縋《すが》るような目を向けたが、彼は視線を合わせようとはせず、逃げるように車道で客待ちをしていたタクシーのドアを叩いた。

「もう遅い、タクシーでお帰りなさい」

ショウに背中をやんわりと押されたが、氷川は渾身《こんしん》の力を込めて踏み留まった。意志の強い目でショウを見つめる。

「ショウくん、まだ帰りたくない。ゆっくり話したいんだけど」

「俺みたいな男にカタギのお医者様が関わっちゃ駄目です」

「あのね、清和《さえぎ》くんが組長の実の子供だとして、どうして」

氷川の言葉を遮るように、顔を歪《ゆが》めたショウは低い声で怒鳴った。

「医者のくせしてガキかっ、自慢じゃないけど、俺は気が長くないんだよ。死にたくなきゃ、さっさと帰れ、頼むから帰ってくれよーっ」

怒っているようで泣いているようなショウに押し込められるようにして、氷川はタクシーに乗り込んだ。間髪《かんはつ》を容《い》れず、ショウは荒々しい動作で後部座席のドアを閉める。そして、ショウは煙のようにいなくなってしまった。おそらく、人の波に紛れたのだろう。

あっという間の出来事で、氷川は声を発する間もなかった。

後ろ髪を引かれつつも帰らないわけにはいかない。氷川は中年の運転手に自宅がある場所を告げた。

「あの、運転手さん、ここら辺って眞鍋組のシマですよね？」

氷川が世間話のように軽く切りだすと、愛想《あいそ》がよさそうな中年の運転手は低く唸《うな》った。

「……お客さん、見たところ、真面目《まじめ》そうな方です。一般の方がそんなことに興味を持ってはいけませんよ」

車内なので誰にも聞かれる心配はないのに、運転手はハンドルを握ったまま、周囲を窺《うかが》っている。重苦しい空気が辺りに流れた。

「あの、眞鍋組の清和くんて？」

「その名前を気軽に口にしてはいけません」

名前を耳にしただけで声が震えてしまうほど、清和は恐ろしい存在なのだろうか、眞鍋組が恐ろしいのだろうか、氷川の疑問は尽きない。

「眞鍋組の清和くんを知っているんですね？」

運転手の返事はないが、氷川は構わずに続けた。

「誰にも何も言いませんから、眞鍋組の清和くんに関して教えてくれませんか？」

「…………」

「何をそんなに怖がっているのですか？」

氷川がどんなに話しかけても運転手は口を開かなかった。眞鍋組の清和という人物は噂《うわさ》話《ばなし》をするのも憚《はばか》られる存在のようだ。

狭いワンルームに帰宅して、パイプベッドに横たわってもなかなか眠れなかった。

落ち着いて考えてみれば、ショウの登場は単なる偶然ではない気がしてくる。一人で不夜城を歩いていたら危険だと、ショウがボディガードとしてつけられたのではないだろうか。なぜ、眞鍋組がそのような気遣いをするのか、悩まなくても答えは自ずと出た。清和の気遣いだ。

清和の名前を出した途端、眞鍋組総本部に詰めていた猛々しい組員たちの態度は豹変した。『お帰りなさい』の態度も丁寧なものだった。とてもじゃないが、多田を取り囲んだあの眞鍋組に所属する男たちとは思えない。清和からなんらかの注意があったのではないか。

すべてのシグナルが清和を差している。

雄々しく成長した清和は、眞鍋組の組長の実子だと聞いた。眞鍋組の組長がどのような男か知らないが、清和の母親である園子《そのこ》は知っている。はっきりと聞いたわけではないが、園子に結婚歴はなかったはずだ。ホステスをしていた園子は目の覚めるような美女だったので、眞鍋組の組長に気に入られて、清和を産んだのかもしれない。その後、なんらかの経緯《いきさつ》があって、園子は眞鍋組の組長と別れたのだろう。あの雪の日、眞鍋組の橘高が組長の子供である清和を連れに来たのだ。そう考えれば、橘高と園子の会話も合点がいく。

眞鍋組の清和は本当の弟のように思っていた小さな清和だ。それ以外、考えられない。

「やっぱり、清和くんだ。絶対に清和くんが何か言ったんだ。一度だけでもいい、清和くんに会う」

氷川は無意識のうちに白い天井に向かって力んでいた。白い天井には無邪気に笑っている小さな清和が浮かんだままだ。

翌日、氷川は院内を走る子供を見て、屈託のない清和を思いだした。階段の手すりから飛び降りるやんちゃ坊主を見ても、機敏だった清和の思い出が甦る。母親の膝《ひざ》に甘えている幼児が、氷川の膝ではしゃいだ清和に重なった。

仕出しの弁当や製薬会社の営業から配られたゼリーを見ても、お腹を空かせていた清和を連想してしまう。今、あの子がここにいたら食べさせてあげるのに、という思いが強いのだ。

ギプスをしている若い男性患者を見ると、子供から大人の身体に成長した清和を瞼に浮かべてしまう。医療メーカーの若い営業マンを見ても、入院患者を見舞う男子学生を見ても、白衣姿の若い薬剤師を見ても、ネクタイを締めた総務の若い男性スタッフを見ても、黒いスーツに身を包んだ清和が目の前に現れた。

上背のある深津《ふかつ》と接しても長身の清和を思いだす。身長を確かめたわけではないが、深津より清和のほうが少しだけ背が高いような気がした。

同じように長身の芝《しば》とすれ違った時も清和の上背と比べてしまう。

ことあるごとに清和を脳裏に浮かべてしまう自分に困惑したが、氷川にはどうすることもできない。それでも、必死になって自分を抑えた。ミスが許される仕事ではない。

その日も氷川は仕事が終わると、禍々しいネオンの洪水に包まれた眞鍋興業のビルに向かった。

「……げっ、またかよ」

上品なスーツに身を包んだ氷川の登場に、ショウは染めた髪の毛を掻《か》き毟《むし》った。当初、氷川に使っていた丁寧な言葉遣いは消えている。

「相川《あいかわ》清和くんにお会いしたい」

「うちに相川清和というモンはいねぇっス」

ショウは忌々《いまいま》しそうに足を踏み鳴らしたが、氷川に暴力を振るう気配はまったくない。

「えっと、眞鍋清和くんなのかな。清和くんにお会いしたい」

氷川は清和の苗字を言い直したが、顔を歪めているショウは手を軽く振った。

「ここはカタギが来るところじゃねぇよ」

うううううううう～っ、とショウは手負いの獣のように唸っている。怒鳴りたいのを懸命に堪《こら》えているようだ。

氷川を怒鳴りつけるな、と注意されているのかもしれない。氷川の推測が正しければ、気性の激しそうなショウを抑えているのは清和だ。

「眞鍋興業という看板を掲げていても、課長とか部長とか呼び合っていても、やっぱり暴力団なんですか？」

どこか挑むような氷川に答えたのはショウではなく、先日会った比較的落ち着いた中年の組員だった。

「そうですよ」

「ならば」

氷川は真剣な顔で言いかけたが、中年の組員に遮られてしまった。

「お帰りくだせぇ」

中年の組員は出口を指すが、氷川は首を左右に振った。

「いえ、ならば、何がなんでも清和くんに会いたい」

「会って、どうされるんで？」

無邪気で可愛かった清和が、自分の意思で眞鍋組にいるとは思えない。なんらかの理由があるはずだ。たとえ、眞鍋組の組長の実子だとしても、優しい清和に暴力団組員は無理がある。氷川は清和を救ってやりたかった。

「会ってから決めます」

弁護士に知り合いがいないわけではないし、武道奨励校だった清水谷学園大学の卒業生には警察関係者も多い。いざとなればありとあらゆる手を使って、眞鍋組から清和を解放する。

氷川の決意が通じているのか、通じていないのか、どちらかわからないが、中年の組員は呆れたように大きな溜《た》め息《いき》をついた。

「お客人……」

その場にいたほとんどの組員が苦笑いを浮かべていたが、氷川に引く気はまったくなかった。清和本人に会うまでは決して帰らない、と氷川は心の中で固く誓っている。

「橘高さんでもいい、清和くんを連れていったのは、眉間《みけん》に傷のある橘高さんでした」

氷川が攻略法を変えると、中年の組員は頭をポリポリと掻いた。

「お客人、眞鍋組若頭の名前をそう簡単に口にしないでいただきたいですなぁ」

氷川は聞き慣れない名称に目を丸くして尋ねた。

「橘高さんが眞鍋組若頭？」

「そうです」

「若い頭？　お若い方でしたか？」

氷川は極道に関しての知識がない。その場にいた組員たちは、忍び笑いを漏らしている。

「そうじゃありません」

「とりあえず、清和くんに会うまで帰りません」

氷川は居並ぶ組員たちの前で力んだ。何をどのように言われても、清和に会うまでは絶対に帰らない。

「お客人、困りましたな」

中年の組員は困惑しているが、氷川は目を吊《つ》り上《あ》げて宣言した。

「会うまでここを動きません」

「このお客人を摘み出せ」

中年の組員の指示に従って、数人の若い組員たちが華奢《きゃしゃ》な氷川の腕や肩を乱暴に摑《つか》んだ。

「痛っ」

腕を捻《ひね》られた氷川が低い呻《うめ》き声《ごえ》をあげると、中年の組員の注意が飛んだ。

「おい、カタギさんに手荒なことはするな」

中年の組員の一言で、若い組員たちは氷川の細い腕や肩を放した。髪の毛を赤く染めている若い組員は右手で詫《わ》びのポーズを取っている。

「カタギのくせして勝手に押しかけてきているんですよ。叩きだしたらどうですか？　叩きだして水でも塩でも撒《ま》いたらいい」

氷川の鋭い指摘に、中年の組員は苦悩に満ちた顔で唸った。

「お客人……」

氷川は緩んだネクタイを直しつつ、中年の組員を真正面から見据えた。

「清和くんから何か言われたのですか？　僕の知っている清和くんだったら、僕に乱暴はしない」

自分が清和を実の弟のように思っていたように、清和も実の兄のように自分を慕ってくれていた。その確信が氷川にはある。たとえ、今の清和が暴力団の一員であっても、だ。

「お医者様って頭がよろしいはずですがねぇ。世のことはわかっていらっしゃらない」

中年の組員は呆れ口調で言うと、お手上げとばかりに両手を上げた。

「清和くんに会うまでは帰りませんっ」

氷川が全身に力を込めて大声で怒鳴った時、物凄《ものすご》い音とともにドアが開いた。すぐに、その場にいた組員たちがいっせいに頭を下げる。

ピリリッ、とした緊張が走った。

中年の組員も深く腰を折ったまま、顔を上げようとはしない。スキンヘッドの若い組員や蛇柄のシャツを身につけた組員の指先は微かに震えていた。しんと静まり返り、物音ひとつしない。

強面《こわもて》の組員たちに礼儀を払わせた若い男は、氷川が再会を願っていた清和だった。仕立てのいい黒いスーツを身に着けているが、表情はどこまでも険しく、修羅《しゅら》を背負った男だけが持つ鋭さで氷川を貫いた。

「しつこい先生だな、お人違いだと言ったのに……」

大股《おおまた》で近寄ってくる清和から殺気を感じたが、氷川は白い手を伸ばした。

「せ、清……」

バシッ、と氷川の白い頬《ほお》に問答無用の強烈な平手が飛んだ。清和は氷川に名前すら呼ばせようとはしない。

「痛っ」

細い氷川の身体はよろめいて壁にぶつかる。頭部をしたたかに打ちつけて、氷川は呻き声を漏らした。

あの清和が自分に手を上げるなど、氷川は信じられなくて呆然《ぼうぜん》とした。

けれども、清和が背負う修羅の中には悲しみがある。氷川は清和に向かってふたたび手を伸ばした。

「……せ、清……う……うっ？」

清和の鋭い目に翳《かげ》りが走ったが、氷川に名を呼ばせない。鬼のような形相を浮かべた清和に、氷川は襟首を凄《すさ》まじい力で締め上げられて低く唸った。

「人違いだ、俺の前にその面を二度と出すな」

清和の地を這《は》うような低い声が部屋に響いた。

ほかの組員たちは直立不動の体勢で立っているだけで、誰も口を挟もうとはしない。

「……うっ」

氷川は息苦しさに意識が朦朧《もうろう》としてきた。

「いいな、俺は先生と会ったことはない。人違いだ」

長身の清和に襟首を締め上げられた氷川の足先は、地面から遠く離れている。生理的な涙が溢《あふ》れても、氷川を締め上げる力が和《やわ》らぐことはなかった。

「このまま死ぬか？」

「………」

清和に襟首を締め上げられたまま、氷川は非常口の外にゴミのように投げ捨てられる。

痛い、と氷川は声を発することもできなかった。

「死にたくなきゃ、眞鍋のシマに二度と近寄るんじゃねえっ」

地面に這いつくばって見上げた若い男は、どこまでも凶悪な極道だった。だが、氷川に向けられる視線はどこか悲しい。痛いほど切ない。

「せ、清和くんっ」

氷川は身体に走った痛みをものともせず、万感の思いを込めて彼の名を呼んだ。しかし、清和の返事はない。それどころか、清和が指示したらしく、緊張気味のショウが水を張ったバケツを運んでくる。

清和は尊大な態度でバケツを手にした。

「二度と来るなっ」

バケツの中の水が氷川の顔面にかかる。

氷川を水浸しにしたのは、探し求めていた清和だった。それ以上、彼は何も言わず、眞鍋組総本部の中に消える。

水飛沫《みずしぶき》が飛び散った非常口は静かに閉められた。

「……清和くん」

びしょ濡《ぬ》れになった氷川は、眞鍋組総本部の非常口に蹲《うずくま》った。全身から力が抜けて立ち上がる気力がない。再度、非常口を叩く気力もない。魂がどこかに飛んでしまったのか、涙も流れない。涙の代わりに濡れた髪の毛から雫《しずく》が滴り落ちる。

閉められた非常口から眞鍋組総本部の中を覗くことはできない。

「ど、どうして……どうして……どうして……清和くんがどうして……」

誰に聞かせるわけではない、誰も応《こた》えてくれるわけではない、氷川の虚しい独り言は続く。

殴られた頰よりも心が痛い。水で濡れた身体よりも心のほうがずっと寒い。何より、狂気じみた清和の目が切なすぎて苦しかった。本当に迷惑に思っているのならば、清和はあんな目をしないはずだ。

清和への思いは断ちきれないが、もう帰るしかない。

氷川はのろのろと立ち上がると、眞鍋組総本部を後にした。

翌日の土曜日、四十度近い熱が出たけれども、仕事を休んだりはしない。

頭が熱で朦朧としてくるが、今日を乗り切れば明日は珍しく何も予定が入っていない休日だ。

「大丈夫ですか？」

氷川が自分で点滴をしていても早退を勧めるスタッフはいなかったが、一応心配はしてくれたようだ。気遣いの言葉が向けられるたびに、氷川は曖昧《あいまい》な笑みで返した。

「明日は久しぶりの休みだから」

氷川は仕事を終えると、自宅に直行してベッドに潜り込んだ。点滴と解熱剤が効いたのか、一晩寝ると微熱になっている。それでも、何もする気力がなくて、久しぶりの休日をベッドの中で過ごす。

インターホンが鳴って応対すると、氷川夫妻が玄関口に立っていた。義母のそばには見合い相手の令嬢が佇《たたず》んでいる。見合い写真で見た通り、日本人男性ならば誰もが結婚したいと思うような令嬢で、白い襟のついた紺色のワンピースが似合っていた。

「お義父《とう》さん、お義母《かあ》さん……」

氷川は招かれざる客に真っ青になったが、義父や義母は一言も断らずに、靴を脱いで部屋に上がってくる。いい返事をしない氷川にだいぶ焦《じ》れているようだ。強引な義父や義母のあとに、見合い相手の令嬢もしずしずと続いた。

「具合が悪いのか？」

具合の悪そうな氷川に義父は心配そうな顔をしたが、義母はボサボサ頭にパジャマというだらしのない姿に柳眉《りゅうび》を顰《ひそ》めている。それなのに、見合い相手の令嬢をワンルームから返そうとはしなかった。

良家の令嬢なので狭いワンルームを目の当《ま》たりにしたら幻滅するかもしれない。氷川は一縷《いちる》の望みをかけた。

「お恥ずかしい限りです」

氷川が恐縮すると、義父は大きく頷いた。

「医者の不養生はよく聞くけれど、注意するように。優子《ゆうこ》さん、優子さんの花婿候補の諒一ですよ」

義父は優子と呼んだ若い女性に、氷川を花婿候補として紹介した。

「初めまして、諒一さん……あの、どうぞお休みになられてください」

優子はうやうやしく一礼した後、寝乱れたパイプベッドを綺麗に整えた。狭いワンルームに幻滅した気配はない。

そんな優子に氷川夫妻は満面の笑みを浮かべた。してやったり、という雰囲気が流れている。

「……は」

どんな反応をしたらよいのかわからず躊躇《ためら》っていると、いつの間にか優子が氷川の看病をすることになっていた。

義父と義母は嬉《うれ》しそうに帰ってしまう。

決して広いとはいえないワンルームに、結婚するつもりのない優子と二人きりにされた氷川はいたたまれない。

「優子さん、洗い物なんかいいです」

優子はいそいそと台所に立ち、洗わずに放っていた茶碗《ちゃわん》やコップを洗う。

「だって、お台所に洗い物が溜《た》まっているんですもの。お粥《かゆ》でも作りましょう」

「その……」

氷川は止めようとしたが、笑顔全開の優子にどのように言えばいいのかわからない。パジャマのままでおろおろとするだけだ。

「お粥に卵でも入れましょうね」

優子は台所でお粥を作りつつ、洗濯機を回し始めた。ユニットバスやトイレの掃除もしてくれる。

「あ、あの……」

「諒一さん、休んでいてください」

病気の時に看病してくれた女性に運命を感じて結婚する、という男は多いらしいが、甲斐甲斐《かいがい》しく世話を焼いてくれる優子に、氷川は何も感じなかった。好きだとも、嫌いだとも、不思議なくらいなんの感情も湧《わ》かないのだ。

心の中を占めているのは、小さな清和と黒の上下に身を包んだ清和だった。

4

翌日の五時過ぎ、勝ち誇ったような義父から病院に連絡が入った。

『優子《ゆうこ》さんとの話を進めるぞ。いい娘さんだろう。ご両親が手塩にかけて育てた娘さんだからね。優子さんは諒一《りょういち》を幸せにしてくれる。これで安心だ。よかった。本当によかった』

『待ってください』

『優子さんに文句をつけられるならつけてごらん。文句のつけようがない娘さんだろう。こんなに幸せなことはないよ』

氷川《ひかわ》は必死になって義父に反論したが、まったく聞いてくれない。優子が氷川を気に入ったらしく、話をまとめるように急《せ》かしたそうだ。気が早いのか、すでに式場の吟味に入っているらしい。

氷川にしてみれば、自分のいったいどこがお気に召したのか、優子に問《と》い質《ただ》したい気分だ。

「困った」

氷川は自分の意思を無視して進んでいく結婚話に途方に暮れた。あの様子では次に会う時は結納かもしれない。義父の話によると、婿養子に入らなくてもいいそうだ。将来の院長候補として、氷川にはすぐに副院長のポストを用意するという。どちらにせよ、身にあまる話だ。

思い切ってあの優しそうな女性と結婚するか、新しい人生を歩んでみようか、僕にできるのだろうか、と義父に父親としての情を感じた氷川は悩み続けた。義父も義父なりに自分のことを大事に思っていてくれているのだと思うと、無下《むげ》に断ることができない。

それなのに、仕事を早めに終わらせると、足はいつの間にか不夜城にある眞鍋《まなべ》興業のビルへ向かっていた。

大きな眞鍋興業のビルから視線を外すと、橘高《きったか》ローンという看板が飛び込んでくる。眞鍋興業のビルを訪れても同じ展開が繰り返されるだけかもしれない。そう考えた氷川は行き先を橘高ローンに決めた。

「少々お待ちください」

橘高ローンの中は取り込んでいて、客として訪れた氷川は事務的な黒い椅子《いす》で待たされる。街金融の典型的な内部だろうが、そんなに広くはないし、どこか隠微なムードが漂っている。鉢植えの観葉植物が部屋の隅に飾られているのにちっとも癒されない。

「金を貸してくれ、こんなに頼んでいるのにどうして貸さないんだ。頼むから貸してくれ」

カウンターでは若造りの中年男が、ヤクザじみたスタッフに食《く》ってかかっている。橘高ローンのスタッフは、間違いなく眞鍋組の構成員だ。

「お金を貸してよ。このままじゃ、店が潰《つぶ》れるわ、ちゃんと返すからぁ」

中年の域に達する厚化粧の女性が、スタッフらしき若い組員に媚《こび》を売りながら迫っている。

カウンターの奥では用心棒のような屈強な男たちが何人も控えていた。女性スタッフは一人もいない。

氷川は独特の雰囲気に圧倒されていた。このような場所に足を運んだのは生まれて初めてだ。

「あの、トイレは？」

目の前を通りかかった若いスタッフに尋ねると、奥を人差し指で示される。

氷川は奥にあるトイレに入ると、手と顔を洗って気持ちを落ち着けた。

清和《せいわ》に拒絶され続けているのに、どうしてこんなところまでやってきたのか、そんなことをぼんやりと考えながら、氷川は鏡に映った自分の顔を眺めた。

童顔というわけではないのだが、実年齢よりも若く見られる顔だ。眼鏡《めがね》をかけても隠せない女顔は、ぞっとするほど青白かった。緊張しているのが、自分でもよくわかる。

一息ついてからトイレを出た。だが、氷川の足はカウンターのある場所ではなく、反対方向に進んでいた。

押しても駄目なら引いてみろ、真正面から行って駄目ならば裏からひっそりと行く。氷川には氷川なりの考えがあった。無鉄砲なことをしているという自覚はあったが、どうしたって止められない。『関係者以外は立ち入り禁止』の立て札など、完全に無視していた。

老朽化が進んでいるビルらしくて、内部は薄汚れているし、ヒビが入っている壁は薄い。

突き当たりとなった薄いドアの向こう側では、誰かが何か喋《しゃべ》っている。ドアに耳を寄せて盗み聞いた会話の内容に、氷川は身体《からだ》を竦《すく》ませた。

臓器売買の話をしているのだ。借金の代わりに腎臓《じんぞう》を売るという。

そういったことが秘密裏に行われていると聞いたことはあるが、実際に耳にした氷川のショックは大きい。

「誰だっ」

会話が止まったと思うと、ドアが物凄《ものすご》い勢いで開いた。

「カタギだな」

氷川はいっさい抵抗することができずに、臓器売買の話をしていた男の前に突きだされる。そこには幼かった清和を連れていった橘高がいた。黒い革張りのソファに悠然と座り、書類らしきものを手にしている。

「氷川先生でしたか。聞いてしまったんですね」

氷川の硬い表情から、橘高は一瞬にして読み取ったようだ。橘高は周りにいた数人の男たちに向かって顎《あご》をしゃくった。すると、ほかの男たちは部屋の中から出ていく。

氷川は逃げることもできずに、煙草《たばこ》と葉巻の煙が充満している部屋に取り残された。もっとも、逃げる気もなかったが。

「氷川先生、困りましたね。知られた以上、帰すわけにはいかない」

大物らしく、橘高に慌てた素振りはまったくない。葉巻に金のダンヒルで火をつけながら、氷川を意味深な目で見つめた。

「……橘高さん」

橘高の静かな迫力に、氷川は圧倒されそうになる。

「眞鍋組若頭、橘高正宗《まさむね》です。さて、どうしましょう。コンクリートと一緒に東京湾に沈みますか」

穏やかな橘高の口から出た脅迫に、氷川の背筋が凍りついたが、決して視線を逸らしたりはしない。唇を嚙《か》み締《し》めたまま、真正面から橘高を見つめ返した。

橘高は葉巻を吸いつつ、楽しそうに氷川の視線を受け止めている。

「氷川先生はまだお若い。この世に未練があるでしょう。生き延びる手段がひとつありますよ」

橘高が吐きだす葉巻の煙も一種の威嚇に思えてならない。ここで怯《おび》えたら終わりだ、と氷川は己を叱咤《しった》した。

「……はい？」

「内科の先生だが、移植手術はできますか？」

葉巻を揉《も》み消《け》したと思うと、橘高の右手には黒光りしている拳銃《けんじゅう》が握られていた。氷川は声を上げる間もない。

「若いけれどもなかなかデキるお医者様だと伺いましたよ。堕胎手術もできますか？」

氷川も馬鹿《ばか》ではないので、橘高が求めていることはわかる。医師としての自尊心が怒りで震えた。

「たとえ命を失うことになっても、違法な執刀はしない。僕には人の命を扱う医者としてのプライドがある」

拳銃を見せられてもまったく怯えず、氷川がきっぱりと言い切ると、橘高は薄笑いを浮かべた。

「そのプライドとやらが、金で売り買いされるのをずいぶん見てきましたよ」

橘高が語る人の裏には重みがあったが、氷川はいっさい動じなかった。腹の底からフツフツとした怒りが湧《わ》いてくる。あの雪の降る日、どんな目に遭わされても橘高から小さな清和を取り返しておくべきだったと、氷川は今さらながらに悔やんだ。橋高に利用され、苦しめられている清和が哀れでならない。

「君のような男の元に清和くんがいるなんて許せない」

氷川が険しい顔つきで非難すると、橋高は拳銃を手で遊ばせつつ、呆《あき》れたように言った。

「氷川先生、ご自分の立場がわかっていらっしゃるのですか?」

「こんなところに清和くんを置いておけません。清和くんは僕が引き取ります。僕が引き取って育てます。僕はもうなんの力も持っていなかった子供ではありません」

悲鳴に近い氷川の叫びに、橋高は喉《のど》の奥だけで楽しそうに笑った。

「何がおかしいんですかっ、清和くんは僕が連れて帰りますっ。僕が立派に育てますっ」

氷川が右腕を振り回すと、橋高は黒い革張りのソファからゆっくりと立ち上がった。氷川に二歩近づく。

「先生の仰る清和くんはもう子供じゃない。今では泣く子も黙る『眞鍋の昇《のぼ》り龍《りゅう》』です。誰もが一目置いている極道ですよ。ただ今、売りだし中です」

橋高が何をどのように言おうと、氷川の気持ちは揺らがない。ヤクザから清和を救いだしたかった。ただ、それだけだ。

「清和くんはまだ未成年です。僕が保護者になります」

「眞鍋の昇り龍、楽しい先生じゃないですか」

橘高は喉の奥で笑いながら後ろを振り返った。衝立のように並べられた鉢植えの観葉植物に隠れて見えなかったけれども、よく見ると黒い革のソファには黒いスーツに身を包んだ清和が仏頂面《ぶっちょうづら》で座っている。

清和の無事な姿を見た瞬間、氷川は安堵《あんど》の息を漏らした。心臓に手を当ててほっと胸を撫《な》で下《お》ろす。

「清和くん」

氷川の呼びかけに答えるどころか、清和は視線すら合わせようとはしない。彼は氷川の存在を霞《かすみ》か何かのように無視している。

橘高は鈍く光る拳銃を手にしたまま、渋面《じゅうめん》の清和に声をかけた。

「この先生の取るべき道は二つにひとつだ。わかっていますね？」

橘高の言葉に、清和は軽く頷《うなず》いた。

「さて、先生？　俺たちの仕事に手を貸すか、死ぬか、どちらを選びますか」

橘高は銃口を、氷川に向けた。

「先生にはそれ相当の報酬をお支払いしますよ。すぐに都内に家が買える。いい女も囲えますよ」

氷川の白い額に、冷たい凶器が押し当てられる。

「僕は違法な仕事はしない。臓器売買などには何があっても手を貸さない」

氷川には医師としての意地とプライドがあった。医師としての主義を捨ててまで生きたいとは思わない。

「東京湾に沈みますか」

カチリ、と氷川の白い額で黒い凶器が音を立てる。威嚇か、本気か、氷川には判断がつかない。だが、覚悟は決めていた。運が悪かったら生まれてすぐに施設の前で凍死していたかもしれない身の上だ。自分の人生が始まった時に終わっていたと思えば、ここで終焉《しゅうえん》を迎えてもなんてことはない。ヤクザに利用されて生き延びるより、医師として死んだほうがマシだ。

何より、氷川は自分でもよくわからないが、女性を愛することができない男だ。女性と結婚して温かい家庭を築くという夢も希望も持っていない。上に伸《の》し上《あ》がろうという野心もない。腹を括《くく》った氷川は強かった。

「僕を東京湾に沈めるのなら、清和くんをヤクザから解放して。清和くんをこんなところに置いてはおけない」

氷川が銃口を押しつけられても怯えずに睨《にら》み返《かえ》すと、橘高は苦笑を浮かべた。武闘派で鳴らした橘高に脅されて、一歩も引かなかった素人《しろうと》など今までに一人もいなかったからだ。

「氷川先生、今の清和くんは株と相場の事務所の責任者で、いわゆるインテリヤクザの代表ですよ」

今の清和がどのような立場にいるのか、何度聞いても氷川の心は変わらない。氷川にとって、清和はまだ可愛《かわい》い子供だ。自転車を羨《うらや》ましそうに見つめていた、あどけない少年のイメージが霞むことはない。

「未成年の清和くんに、どうしてそんなことをさせるんですか」

氷川の憎悪《ぞうお》は幼い清和を連れ去り、ヤクザにした橘高に注がれる。

「清和くんは眞鍋組の組長の実子です。次期組長ですよ」

清和が眞鍋組の組長の実子であれ、次期組長であれ、氷川の非難は橘高に向かう。

「違法な臓器売買に銃刀法違反、暴力団って本当に犯罪組織なんですね。更生する気はないのですか」

氷川の真剣な口調と表情に、橘高は苦笑を漏らし続けている。どうしてそんなに笑われるのか、氷川には理解できない。

清和はいっさい口を挟まず、黒い革張りのソファに座ったまま、不機嫌そうな顔で氷川と橘高のやり取りを聞いていた。

「組長代行、この後始末は任せます」

組長代行、と橘高に呼ばれた清和がソファから立ち上がった。

「はい」

清和はのっそりと氷川の目前に立った。二人の視線はまるで違う。

「清和くん、今ならばまだ間に合う。人生をやり直しなさい。君にヤクザは似合わない」

氷川は清和のスーツの袖《そで》を摑《つか》み、必死になって説得した。

「俺より自分の心配をしろ」

清和の声はとても低くて、子供の頃のボーイソプラノは完全に失われている。かつて腕の中にすっぽりと収まっていた華奢《きゃしゃ》な身体は、氷川をはるかに上回る逞《たくま》しい肉体に成長していた。

「僕はもう充分に生きたから」

「まだ三十前のくせに」

清和が目だけで微笑《ほほえ》んでいる。その照れたような微笑み方に子供の頃の面影を見つけて、氷川は胸が痛くなった。どう考えても清和はヤクザになるような性格をしていない。本来の自分を偽り、無理をしているはずだ。

「カシラ」

清和の呼びかけに、橘高が低い返事を返した。

「ん？」

「この人は俺の女房にします」

清和は横目で氷川を眺めつつ、淡々とした調子で言った。

「……代行？」

海千山千の橘高でさえ、清和の言葉に度肝を抜かれたようだ。氷川も何を言われたのか理解できずに口をポカンと開けて固まった。

「氷川諒一、俺の女房にします。これでいいですね」

清和が人形のように固まっている氷川の肩を抱いた。

「……代行、その先生は眼鏡を取ったら美人だろう。客の隣に座るだけで五万は取れる極上品だが、俺にはその先生が男に見える」

橘高は自分を取り戻すと、独特の言い回しで氷川の性別を指摘した。清和を非難している気配はない。

「カシラとオヤジの姐《あね》さん、子供を産まなかったじゃないですか。子供を産まなきゃ、男も女も変わりはないでしょう」

清和は眞鍋組の組長が若い愛人に産ませた子供である。清和の母親が気の強い女で正妻の座を狙《ねら》ったのだが、当時は眞鍋組を揺るがす大騒動になった。あの大騒動がなければ、小さな清和はひもじい思いをせずにすんだはずだ。眞鍋組の組長は清和の誕生を大いに喜び、正妻も黙認したのだから。

「代行、そういう趣味があったのか……男の女房か……」

子供を口にされては、橘高も強くは言えない。未《いま》だ呆然《ぼうぜん》と立ち竦んでいる氷川を調べるようにじっと見つめた。

「俺の女房にしますから、これでいいですね」

清和は氷川の肩を抱いたまま、有無を言わせぬ迫力で押し切った。

「組長が黒いカラスを白と言ったらカラスは白、次期組長のお言葉に異存はない」

橘高がニヤリと笑うと、清和は目で応《こた》えた。

「姐さん、うちのボンをよろしくお願いします」

橘高に深々と頭を下げられて、ようやく氷川は我に返った。

「あ、姐さん？」

自分へ向けられた呼び名に、氷川は戸惑うばっかりだ。それ以前に、想像を絶するあまりの展開に氷川はついていけない。

清和に肩を抱かれて、氷川はその場を出た。

廊下を足早に歩いていると、すれ違った強面《こわもて》の組員がペコペコと頭を下げる。清和に怯えている組員もいた。氷川は今の清和が握っている権力を、その目で見たような気がした。

「清和くん？」

氷川が怖々と声をかけると、清和は独り言のようにポツリと言った。

「馬鹿野郎」

氷川の記憶にある限り、清和に馬鹿と言われたことは一度もない。目が点になって清和を見上げた。

「馬鹿って」

「……………」

清和の怜悧《れいり》な横顔に感情は出ていない。

「ねぇ、清和くん」

「……………」

「清和くんてば」

清和は口を閉じたまま、一言も喋ろうとはしない。貝のように固く口を噤《つぐ》んでいる。

「清和くん、こっち向いて」

氷川は仕立てのいい清和のスーツの袖を摑んで引っ張った。相変わらず、清和にはなんの反応もないし、冷たい無表情だ。屈託のない笑顔でなんでも喋ってくれた子供とは思えない。それでも、昔と同じような口調で清和に語りかけた。

「清和くん、なんで黙っているの？　諒兄ちゃんとお話ししないの？」

どれから訊《き》けばいいのか、氷川にも見当がつかない。ただ無反応の清和から何かを引きだしたかった。

「……………」

「諒兄ちゃん、ちょっとびっくり……ううん、すっごくびっくりしちゃったんだけどね。いったいどうなったの？」

清和だけでなく橘高の言葉も一字一句覚えているが、今の氷川には把握することができない。思考回路がどこか弛《ゆる》んでいるようだ。

「……………」

氷川が一方的に喋ったまま、橘高ローンが入っていた古いビルを出て、禍々《まがまが》しいネオンが輝いている夜の街を歩いた。

大通りにたくさんの車が走っているので、氷川は人差し指で差した。

「あ、清和くん、車だよ」

子供の頃、清和は走行中の車を見ると手を叩《たた》いて喜んだ。無邪気な清和の笑顔は今でも氷川の目に焼きついている。

しかし、眞鍋組の組長代行と呼ばれている清和は車を見ても喜んだりはしない。ポーカーフェイスで氷川を一瞥《いちべつ》しただけだ。

「清和くん、あんなに車が好きだったのに」

氷川が惚《ほう》けたように言うと、肩を抱いていた清和の手に少し力が入った。もっとも、表情はこれといって変わらない。

「…………」

「電車も好きだったよね」

男の子らしいというか、清和は車や電車などの乗り物が好きだった。飛行機の玩具《おもちゃ》もお気に入りで、かつての清和は風呂《ふろ》にまで持って入ろうとした。

「…………」

「新幹線に乗りたい、って言ってたよね。乗せてあげるよ」

かつてランドセルを背負っていた清和に、新幹線に乗ったことがあるか訊かれた記憶がある。その時、清和が新幹線に乗りたがっていることに気づいた。以来、新幹線に乗るたびに清和を思いだしたものだ。

「…………」

「どこに行こうか、新幹線の中でお弁当をたくさん食べようね。アイスクリームは食べすぎるとお腹を壊すから一個にしようね」

「…………」

氷川の視界にクレープを販売しているワゴン車が飛び込んできた。清和の一番の大好物はアイスクリームで、チョコレートやプリンなどのスイーツにも目がなかった。

「あ、クレープの屋台がある。清和くん、甘いの好きだったよね。食べよっか」

氷川はカラフルなクレープの看板の前でにっこりと微笑んだが、清和はいっさい興味を示さなかった。足早にワゴン車の前を通る。

「…………」

「清和くん、甘いのが好きだったでしょう？　諒兄ちゃん、ちゃんと清和くんの好きだったの覚えているよ」

氷川は可愛い清和を喜ばせたくて仕方がないが、すべて裏目に出ているような気がしないでもない。氷川は矢《や》も楯《たて》もたまらなくなったが、清和は平然としていた。

すでに清和は小さな子供ではない。

清和の顔を見た者はみんな深々と腰を折る。眞鍋組の清和の顔と名はだいぶ売れているらしい。

「いろいろな人が清和くんに挨拶《あいさつ》するんだね」

「…………」

「清和くんの友達……じゃないよね」

海坊主《うみぼうず》のような大男に金髪頭のホスト、着物姿のホステスに下着としか思えないような衣装を身につけた若い女性など、清和の友人には思えない。

「…………」

眞鍋興業ビルや橘高ローンのある大通りから少し離れている場所に、近代的な眞鍋第三ビルが建っていた。

清和は眞鍋第三ビルに吸い込まれるように入っていく。もちろん、肩を抱かれている氷川もだ。

「清和くん、ここは?」

「…………」

二人が乗り込んだエレベーターはノンストップで最上階へ。

「……あの、清和くん?」

表札がかけられていないエントランスに立ち、清和は指紋と暗証番号でドアを開ける。入れ、と清和に有無を言わさない視線で指示されて、氷川は素直に従った。天井が高くて、幅の広い廊下を進む。

広々とした部屋に通されたが、いわゆる『応接セット』と呼ばれるテーブルとソファしかなかった。氷川の自宅の壁にはカレンダーや時計、お気に入りの海の写真がかけられているが、清和のプライベートルームの白い壁には何もない。

氷川が革張りのソファに腰を下ろして一息つくと、清和は苦しそうな表情を浮かべて、それまでの沈黙をかなぐり捨てた。

「誰がなんのために、先生を無視したと思っているんだ。カタギの先生のためだぞ」

清和のあまりの剣幕に、氷川は長い睫毛《まつげ》で縁取られた目を揺らした。

「清和くん?」

「俺がどんな思いで、手を上げたと思っているんだ」

よほど辛かったのか、清和の目は苦悩に満ちている。

「痛かった」

氷川が殴られた頰《ほお》を手で摩《さす》ると、清和は吐き捨てるように言い返した。

「そりゃそうだ」

俺は先生にあんなことはしたくなかった、という清和の心の中の叫びが氷川に届いた。

清和が無視を決め込んだのは、すべて氷川のためだ。前途洋々たる医師として社会生活を営んでいる氷川に、極道の知人がいては問題になりかねない。清和には清和なりの氷川に対する思いがあった。

「……僕が一番痛かったのは、清和くんが僕を見る目だった。変わっていないよ、身体も大きくなったし、声もいつの間にか低くなっているけど、清和くんは変わっていない」

清和を見つめる氷川の目は潤んでいた。

「変わったんだよ、俺は眞鍋組の清和、この眞鍋第三ビルの責任者だ」

清和は苦々しそうに首を左右に振ったが、氷川は哀れでならない。清和の悲運を嘆かずにはいられなかった。

「可哀相《かわいそう》に……」

氷川の目から大粒の涙がポロリと溢《あふ》れると、清和は自嘲気味《じちょうぎみ》に言った。

「俺は極道の息子だ。蛙《かえる》の子は蛙でしかない」

「清和くん……」

涙声の氷川を振り切るように、清和は淡々とした様子でガラリと話題を変えた。

「俺はここで暮らしている。先生も今日からここで暮らしてくれ」

「……え？　ここで？」

眞鍋第三ビルの最上階は清和のプライベートフロアだという。どれぐらい広くて部屋数があるのか、氷川には想像もつかない。

氷川は高い天井や白い壁をきょろきょろと見回した。人の住処《すみか》としての温もりが微塵《みじん》も感じられない。

「気に入らないのなら、違うところを探す」

氷川の反応を誤解したのか、清和は新たな住居を口にした。

「あの、清和くん」

「先生、さっきの話を忘れたのか？」

清和が切れ長の目を細めながら、顔を覗《のぞ》き込《こ》んでくる。氷川は素直に先ほどから感じていた違和感を口にした。

「昔みたいに『諒兄ちゃん』って呼んでくれないんだね」

氷川が素直な心情を吐露すると、清和は言葉に詰まったが、すぐに苦笑を浮かべて答えた。

「テメエの女房を『諒兄ちゃん』なんて呼ぶのはいやだ」

「……女房」

氷川は自分に向けられたその言葉に、どのような反応をすればよいのかわからない。そもそもまだ事態を把握できずにいる。

「俺、ガキの頃に見たことがある。先生はニキビ面《づら》の男とキスしていた」

清和はどこか遠い目で在りし日の氷川を口にした。

「清和くん……⁉」

幼い清和に見られていたとは夢にも思わなかったので、氷川は驚愕《きょうがく》で目を大きく見開いた。

「俺は悔しくて仕方がなかった」

敵わなくてもニキビ面の男を張り倒しておけばよかった、と清和が心の中で悔いていることに氷川は気づく。

十七歳の氷川は友人から強引に迫られて、引きずられるように関係を持った。しかし、その友人は彼女ができるとあっさりと離れていった。関係は半年ほどだったが、氷川は自分が単なる女の代用品だったことを知った。

そんなことが何度か繰り返された。自分のように女性を愛せない男は滅多にいない、とそのたびに思ったものだ。今では誰にも何も求めていない。

氷川が言葉を失っていると、清和は凄《すさ》まじい迫力を全身に漲《みなぎ》らせて凄んだ。

「先生、もう、逃げられない」

どこか狂気じみた清和に、氷川は困惑してしまう。

「清和くん……」

「お前は俺の女房だ。俺から逃げたら東京湾に沈むだけだ」

清和から逃げる気はないけれども、女房という言葉に抵抗を感じてしまう。氷川にとって清和は可愛い子供だ。どんなに雄々しく成長していても。

「……あのね」

氷川は小さな子供にするように清和の頭を撫でようとした。だが、清和は首を逸らして氷川の白い手を避けた。

「これが俺だ、結局はヤクザでしかない」

清和に軽々と抱き上げられた氷川は焦った。

「清和くん、ちょっ、ちょっと……」

清和は氷川を抱き上げたまま、ベッドルームに入った。病院の大部屋よりも広いベッドルームだったが、キングサイズのベッドしかない。いや、申し訳程度にフローリングの床には電話の子機がそのまま置かれている。

「いやなのか？」

氷川は白いシーツの波間にそっと下ろされた。すぐに清和が覆い被さってくる。

「だって、僕は君のおむつの世話をしたことがあるんだよ。初めて会った時、君は二つで、まだおむつをしていた」

二歳という意味で氷川が指を二本立てて昔話をした瞬間、清和の鋭く切れ上がった目が宙に浮いた。おむつに対するコメントは出ない。

「清和くんはおむつが取れるの遅かったんだ。君のお母さんはトイレトレーニングをちゃんとしなかったから、仕方がなかったんだけどね」

周囲を圧倒する清和の鋭い双眸《そうぼう》は宙を彷徨《さまよ》っているが、端整な顔が醜く歪《ゆが》むことは辛《かろ》うじてなかった。

氷川は頬を緩ませて、おむつでもこもこして可愛かった頃の清和を語り続けた。

「僕が清和くんのおむつを替えようとして開けたらおしっこが飛んできて、水鉄砲みたいだった。顔にかかったこともあった。びっくりしたな、君の」

氷川はおむつ姿の清和がどんなに可愛かったか続けようとしたが、成長した清和に遮《さえぎ》られてしまった。

「頼む、二度とおむつの話はしないでくれ」

清和が喩《たと》えようのない複雑な表情を浮かべていたので、氷川の黒目がちな目が点になってしまう。

「清和くん？」

清和は自分のネクタイを緩めながら、恐ろしいぐらい真摯《しんし》な目で言った。

「もう、俺は腹を空かせていたガキじゃない。先生は俺が守り抜くから、俺の女房になってくれ」

清和は勢いよくシャツを脱ぎ捨てると、氷川に背中を見せた。

「……っ、清和くん」

清和の背中の鮮やかな昇り龍に、氷川の視線は釘《くぎ》づけになる。昔、氷川の腕にすっぽりと収まった清和の背中に昇り龍はいなかった。

「眞鍋の昇り龍、これが俺の通り名だ」

清和は氷川に背を向けたまま、低い声で通り名を口にした。

「これ、洗っても落ちないの？」

逞しい清和の背中にいる昇り龍に、氷川はおそるおそる手を伸ばした。そっと極彩色の昇り龍を撫でる。

「刺青《いれずみ》だから落ちない」

清和は氷川に昇り龍を刻んだ背中を向けたまま答えた。氷川が背中を撫で続けても振り向かない。

「刺青？」

長い睫毛に縁取られた氷川の綺麗《きれい》な目が潤み、声が掠《かす》れた。刺青がどういう類のものか、世俗に疎《うと》い氷川でもある程度は知っている。

清和は白い壁を見つめたまま、無言で軽く頷いた。

「清和くん、昔は殴られた痕《あと》があった。今は刺青なのか……僕はどちらも切なくてたまらない」

氷川は極道の証を刻んだ清和の背中に額を押しつけた。潤んだ目から大粒の涙がぽろぽろと溢れる。

だが、清和に動じた気配はなかった。

「極道は社会の必要悪だ」

清和がなんでもないことのように言ったので、氷川はたまらなくなってしまった。

「馬鹿、馬鹿、馬鹿っ」

氷川は清和の背中にいる極彩色の昇り龍を乱暴な手つきで摩った。なんでもいいから、刺青を消してしまいたい。

「馬鹿はどっちだ、極道に飛び込んできたのはそっちだ」

清和は微動だにせず、氷川にされるがままになっている。

「だって、君が……」

氷川には氷川の言い分があったが、清和は熱に浮かされたような目で遮った。

「俺は先生を忘れたことはなかった。でも、ずっと自分を抑えていた。明和《めいわ》で再会した時も耐えた」

氷川への熱い想《おも》いを口にする清和はとても辛そうだった。凄絶《せいぜつ》な葛藤《かっとう》と闘っているのだと、氷川には手に取るようにわかる。

「清和くん……」

「どんなに先生が欲しくても逃がしてやろうと思っていたのに……」

「僕が君を見たら追いかけるに決まっているだろう」

氷川は涙声で清和に対する想いを語った。清和にもちゃんと氷川の想いは通じているはずだ。

一瞬、沈黙が流れる。

もっとも、すぐに清和が沈黙を破った。

「先生の見合いは潰《つぶ》す」

唐突に思いがけないことを言われて、氷川は清和の肩を摑んだ。

「え？」

氷川が瞬《まばた》きを繰り返すと、清和はこちらを向いた。

「荷物をまとめてここに来て、しばらく無視していろ。相手の女はすぐにボロを出す。そろそろ腹が膨らんでくるはずだ」

清和に優しく押し倒されて、氷川はシーツの上に細い身体を伸ばした。すぐに重なってきた清和の身体は、ずいぶんがっしりとしている。硬い筋肉に覆われた清和の身体は熱くて重い。心地良い体温と重さだったけれども。

「どういうこと？」

氷川は意味がわからなくて、怪訝《けげん》な顔で聞き返した。

「先生の嫁さん候補は妊娠している。だから、焦って旦那《だんな》を探していたんだ。医者なら誰でもいい、でね」

「……え？」

絵に描いたような名家の令嬢だったので、氷川は口をあんぐり開けた。とてもじゃないが、にわかには信じられない。

「氷川総合病院の経営が苦しいと知っていたか？」

氷川総合病院の内情を聞いて、氷川は衝撃で声を失った。義父からそんな話はまったく聞かされていないし、ほかの医師からも噂《うわさ》は入ってこない。

「……し、知ら……」

知らなかった、と氷川は答えることすらできない。義父は立派な医師で、氷川のみならず院内のスタッフも尊敬していた。

「結納金とその後の援助目的で、氷川院長は養子を資産家の娘と結婚させようとしたんだ」

清和は事務的な口調で氷川総合病院の実態を告げた。

「そ、そんなことが」

氷川の視界は白く霞み、何かが音を立てて崩れていく。

「情をかける必要はない」

父親としての愛情を感じた優しい言葉が、氷川の心の中でぐるぐると回っていた。諒一のための結婚、諒一には幸せになってほしい、あれはすべて嘘《うそ》だったのか。病院のために、養子を売るつもりだったのか、氷川は自分の甘さを思い知る。しかし、不思議と悲しくはなかった。涙も出ない。

「どうして清和くんがそんなことを知っているの？」

氷川が胡乱《うろん》な目で尋ねると、清和は抑揚のない声で答えた。

「調べた」

「いつ？」

「明和病院で会ったその日に」

清和の迅速な行動に氷川は少なからず驚いた。

「あの日に？」

「医者になっていたことは知っていたが、あの病院で働いているとは知らなかった」

何か困っていたら陰から助けようと思った、という清和の独り言のような呟《つぶや》きに、氷川はいろいろな意味で胸が熱くなった。

「僕は義父の言葉を信じていた」

氷川が自責を込めて自嘲気味に言うと、清和は切れ長の目を細めた。

「先生は優しいし、世間を知らない。だから、子供の俺を可愛がってくれたり、今回も暴力団なんぞに乗り込んできたんだろうが……」

氷川の銀縁の眼鏡が、清和の大きな手によって外される。裸眼だとほとんど見えないけれども、ぴったりと密着している清和の顔はわかる。すっきりと整った顔立ちはとても魅力的だ。

「僕は氷川家を出てからは誰にも頼らずに一人でやってきたんだよ」

氷川はいつでもどこでも孤独を噛み締めていた。孤独な人生を覚悟していたからこそ、よるべのない小さな清和の面影が霞まなかったのかもしれない。

「これからは俺を頼ってくれ」

真摯な目をした清和の唇が、氷川の白い額にそっと触れた。潤んでいる二つの目にも、触れるだけの優しいキスが落とされる。

「昔はあんなにちっちゃかったのに」

腕の中にすっぽりと収まった小さな男の子は、雄々しい美丈夫に成長した。今、華奢《きゃしゃ》な氷川が清和の腕にすっぽりと収まる。

「大人になった」

清和の唇が氷川の薄い唇に軽く触れた。切なくなるくらい甘いキスだ。よちよちと歩いていた頃、甘えるようにじゃれついてきた時とは明らかに違うので、氷川は当惑しつつも笑った。

「僕より十歳も年下のくせに」

おしゃぶりを咥《くわ》えていた清和の成長が不思議でならない。

「もう男だ、その身で知ってくれ」

「……んっ」

清和の舌が唇の中に入ってきて、口腔内《こうこうない》をまさぐられる。氷川は情熱的なディープキスに翻弄《ほんろう》された。

氷川が身に着けていた衣類は、キスの合間に一枚ずつ脱がされていた。ネクタイやシャツはベッドの下に落とされて、ズボンと下着はシーツの端《はし》に追いやられている。

「やっ……そ、そんなことっ」

男性器を口に含まれた氷川は、上ずった声をあげながら足をばたつかせた。

「……ふっ……んっ」

巧みな清和の口淫《こういん》に、氷川の身体はすぐに燃え上がる。今にも頂点を迎えそうだ。

「清和くん、離して……」

股間《こかん》にある清和の頭を摑んだけれど離れてはくれない。それどころか、ますます盛んに吸いあげてくる。

「清和くん、も……うっ……もう駄目だっ」

こんなことをしたのはいつだっただろう、と氷川は遠い記憶を遡《さかのぼ》らなければならないほど、他人と触れ合っていなかった。

「……んっ？」

清和の口から男性器が解放されたと思うと、身体の最奥《さいおう》に生暖かいものを感じる。秘部を濡《ぬ》らしているものが清和の舌だと知り、氷川は羞恥心《しゅうちしん》で叫んだ。

「やっ、やめろっ」

氷川の激しい拒絶に、清和は低い声で異議を唱えた。

「どうして？」

「そんな、そんなところをっ」

「…………」

「駄目っ」

「あのニキビ面の男にもさせたんだろう」

清和が氷川の過去に嫉妬《しっと》しているのは明らかで、舌の動きはますます激しくなる。

氷川の下半身は与えられる愛撫《あいぶ》に反応して、小刻みに震えていた。肉襞《にくひだ》は素直に悦《よろこ》んでいる。

「そんなことさせなかったよ」

氷川が激しく抵抗したこともあったのだが、高校時代に初めて付き合った男だけでなく、今まで身体の最奥に舌を這《は》わせた男はいなかった。勉学に明け暮れていた友人たちの女の代用品でしかなかったからだ。中には、孤独な氷川につけ込んだ男もいた。儚《はかな》い色気を漂わせた氷川の容姿は、女性にはあまり評判はよくなかったけれども、男には魅力的に映ったらしい。学生時代など、若い女性が周囲にいない時期には、その手の誘いが絶えなかった。

「ここは使わせたんだろ？」

そうそう簡単に身体を開く氷川ではなかったけれども。

「やっ、もうやめっ」

身体の中に尖《とが》った舌が差し込まれて、氷川は悲鳴をあげる。

「そんなにいやなのか」

「そんなことをされたことはない」

涙交じりの氷川の言葉に、清和は思うことがあったらしい。執拗《しつよう》に濡らしていた秘部から唇を外すと、氷川の前をふたたび口に含んだ。

「んっ……清和くん……」

勃《た》ち上《あ》がりかけていた男性器に愛撫が加えられて、清和の口の中に、氷川はあっけなく射精してしまう。

「ご、ごめん……」

「構わない」

清和は氷川が放った液体を、掌《てのひら》に吐きだした。そして、氷川の秘部に塗り込める。

「……んっ？」

「次は何か買っておくから」

濡れた清和の指が、氷川の身体の中にゆっくりと入ってくる。

「……んっ」

身体の奥で蠢《うごめ》く指は、敏感になっていた氷川の下半身を直撃した。

「痛いのか？」

「……ふっ」

中で蠢いていた指が増やされる。身体の内部で最も敏感な場所を突かれた氷川は、自分でも信じられないほどの甘い声をあげてしまった。

「あぁっ」

「いいのか？」

ここか、と清和は氷川の感じる場所を指で丹念に擦った。

「んっ」

氷川の身体の内部は、清和の長い指に解《ほぐ》されて柔らかくなっている。前立腺《ぜんりつせん》を執拗に擦られて、氷川の前は熱くなっていた。

「ニキビ面の男のほかにも触らせたのか？　どんな奴に抱かれた？」

「清和くんっ」

「すまない」

氷川の過去への嫉妬を露《あらわ》にした自分を恥じたのか、清和は謝罪を口にした。

「……ふっ、んっ……」

清和は氷川の身体の中を、調べるように長い指を動かしている。その表情にいやらしさは微塵もない。何か神聖な儀式に臨《のぞ》む男のようだ。

「いいか？」

清和の低い問いかけに、氷川は潤んだ瞳《ひとみ》で頷いた。

「俺、男は初めてだ」

「うん」

指が引き抜かれると、寂しさに身体が疼《うず》いた。熱を求めている自分の浅ましい身体に、氷川は唇を嚙み締める。今まで、こんなことはなかった。こんな自分の身体を氷川は知らない。

「俺は金輪際、先生しか抱かない」

恐ろしいほど真剣な清和の瞳に、氷川は貫かれる。

「清和くん」

「もう、子供じゃない」

そのセリフとともに、清和の逞しい肉塊が氷川の身体の中に入ってくる。あまりの圧迫感に、氷川は低く呻いた。

「うっ」

清和の言葉通り、会わなかった間に清和は一人前の男になっていた。公園でしょんぼりと佇《たたず》んでいた、小さな清和ではない。

「……いっ……いっ」

久しぶりに受け入れた男は、とても熱くて大きかった。氷川の身体は圧迫感に悲鳴をあげている。でも、氷川を襲っているのは痛みだけではない。

「痛いのか？」

「……んっ」

心配そうな顔をした清和が、苦しんでいる氷川の顔を覗いた。

「抜こうか？」

た。

「痛い思いをさせたいわけじゃない」

苦しそうに呟いた清和は、氷川の身体の中に押し込んでいた男性器を引き抜こうとした。

「……うっ……」

「いい……おいで」

氷川は離れようとする清和の首に、細い腕を絡める。

「いいのか？　苦しいだけならやめておく」

目を曇らせている今の清和に、子供の頃の思い出が重なる。

小さい清和はケーキ屋の前を通り過ぎる時、いつもこんな顔をしていた。母親に手を引かれて歩いている子供を見た時も、公園で父親とキャッチボールをしている子供を見た時も、今と同じような目をしていた。口に出すことは一度もなかったが、欲しくてたまらないものを無言で耐えていたのだ。

両親の顔を知らない氷川は、清和の孤独がいやというほどわかっていた。あの時は、小さな清和を抱き締めてやることぐらいしかできなかったけれども。

「……中で出していいから」

「いいんだな」

「いいよ」

清和の切なそうな瞳に、氷川はにっこりと微笑んだ。

「……ふっ……んっ」

清和は氷川を傷つけないようにと、細心の注意を払って動いていたようだ。それでも、クライマックスを迎える頃、清和の息とともに動きも激しくなる。

「あっ……ん、んっ……」

氷川の身体からは脂汗が噴きでていて、痛みだけではない感覚がなめらかな白い肌を走っていた。今にもはしたないことを口走ってしまいそうな氷川は、唇を嚙み締める。だが、清和の動きに合わせるように、自然と腰が揺れていた。

淫《みだ》らな氷川の腰つきに、清和は煽《あお》られたようだ。

「諒兄ちゃんっ」

清和がその時を迎えた時、懐《なつ》かしい呼び名が響く。眞鍋の昇り龍だと主張していても、十九歳の名残《なごり》かもしれない。

氷川も釣られるように己を解放した。

「清和くんっ」

氷川は清和に両腕を絡ませて、身体の中に注ぎ込まれた熱いものを感じていた。間違いなく、今までの男の中で一番優しくて一番熱かった。

離れがたいのは氷川だけではないのだろう。清和も氷川の細い身体を離さない。二人とも無言のままぴったりと身体を寄せ合っている。

突然、電話の呼びだし音が鳴り響いた。氷川は驚いて身体を竦ませたが、清和はいっさい動じず、ベッドの下に置いてある子機に手を伸ばす。

「はい、自分です」

氷川の息は上がったままだというのに、清和は何事もなかったかのように応対していた。

「女房にしました。……はい、抱きました」

氷川には電話の相手が誰かわからないが、自分について話していることはわかる。氷川は潤んだ目で清和をじっと観察した。

「……そのうち紹介します……はい、失礼します」

ベッドの下に子機を置いた清和からは、なんの感情も読み取れない。氷川は躊躇《ため》らいがちに声をかけた。

「清和くん？」

清和は氷川に視線を向けると、抑揚のない低い声で答えた。

「すまない」

「あの、誰からか聞いていていい？」

電話の相手は清和よりも上の者だと察せられた。眞鍋組の秘密を知ってしまった自分が、よからぬ事態を招いたのかもしれない。悪い予感に囚われた。

「本家の姐《あね》さん」

本家の姐、と言われてもさっぱりわからず、氷川は清和の顔を覗き込んだ。

「本家の姐さんって？」

「組長の嫁さん、橘高から何か言ったみたいだ。先生は何も気にしなくていい」

清和が清々しいほどきっぱりと言い切ったので、氷川は圧倒されてしまった。

「……あの」

「身体は？」

乱暴ではなかったかと、清和は案じているらしい。心配そうな顔で尋ねてきた清和に、氷川はふわりと微笑んだ。

「僕の眼鏡はどこに？」

清和は電話の子機の横に置いた氷川の眼鏡に手を伸ばす。氷川ならば眼鏡をフローリングの床に直《じか》に置いたりしないが、何もない部屋なので仕方がないのかもしれない。

氷川は清和から眼鏡を受け取る。そして、眼鏡をかけると筋肉に包まれた清和の身体にそっと擦《す》り寄った。

「清和くん、ちょっと、見せなさい」

氷川はどうしても自分の目で確かめたいことがあった。

「………？」

氷川は清和の股間を覗き込んだ。つい先ほどまで自分の中で暴れていた清和の分身がいる。その大きさを確認した氷川は納得し、感慨深げに感想を漏らした。

「昔はあんなにちっちゃかったのに」

氷川の言葉に清和は絶句している。

「昔はこれくらいしかなかったのに」

氷川は右の人差し指と親指で『これくらい』のサイズを示した。

「………」

過去をしみじみと語る氷川に、清和の怜悧に整った顔は引《ひ》き攣《つ》っている。ホスト顔負けの色男も台無しだ。

「いつの間にこんなに大きくなって……あのちっちゃかった清和くんがこんなに立派になったんだもの、僕も歳《とし》をとるわけだ」

おむつがなかなか取れなかった清和が一人前の男に成長したと実感した時、氷川は三十前の自分を改めて思った。ベビー服姿の清和をあやしていた頃、三十歳はとんでもない大人だと思っていたのに不思議だ。

「………」

清和は顔を痙攣《けいれん》させながら口を動かしているが、声にならないようだ。氷川の視線はかってあったものを追い求めていた。

「清和くんの蒙古斑《もうこはん》、いつの間に消えたんだろ」

氷川は清和をじっと眺めて、遠い記憶を辿《たど》り始《はじ》める。

「……あのな」

情事の後で蒙古斑の話など、男として聞きたくはないだろう。それも惚《ほ》れて抱いた相手ならばなおさらだ。清和の歪んだ顔はなかなか元に戻らない。

氷川はそんな清和にまったく気づいてはいなかった。会わなかった時間が長すぎたのかもしれない。いや、心の中にずっと住んでいた小さな少年の面影が強いせいなのかもしれないが。

「清和くん、本当に大きくなったんだね」

氷川は清和の股間と顔を交互に見つめながら、万感の思いを込めて言った。

「先生は変わらないな」

ようやく落ち着きを取り戻したのか、清和は懐かしそうに氷川の細面を見た。

「僕は老けたよ」

「人形みたいに綺麗なままだ」

照れくさいのか、清和の目元がほんの少し染まっている。

「清和くんの周りにはいっぱい綺麗な女の人がいるくせに」

眞鍋興業お抱えのホステスは美人ぞろいだ。権力と際立《きわだ》つ容姿を持っている清和ならば、いくらでも選べるだろう。

氷川は容易に想像できることをそのまま口にしたが、清和は首を左右に振った。

「先生より綺麗な人はいない」

「ここら辺で歩いている女の人はみんな美人だった」

いくら氷川が女性に興味がなくても美醜の判断はつく。眞鍋組が牛耳《ぎゅうじ》る街を歩く女性の美貌《びぼう》は抜きんでている。

「先生が一番綺麗だ」

清和はこういったセリフを言うのが気恥ずかしい男らしい。照れているのだろうが、氷川と視線を合わそうとはせず、口元に手を当てながら、躊躇《ためら》いがちに言った。子供の頃のように『諒兄ちゃん、大好き』と笑顔全開で飛びついてこないので、氷川にしてみれば不思議だがくすぐったい。甘い想いが胸の奥で疼いた。

「清和くん、コンタクトを入れていないね」

氷川の言いたいことがわかったらしく、清和は苦笑を漏らした。

「俺、視力はいい」

「そうなの？」

氷川は柔らかい微笑を浮かべて、清和の目元に白い手で優しく触れた。

「あぁ」

清和の唇が近づいてきたので、氷川は目を閉じた。

唇が重なり合い、氷川の身体は清和に抱き込まれる。

動いた拍子に身体の奥から清和の落とし物が流れたが、氷川にはどうすることもできない。ただ、じっと清和の体温に包まれていた。

「先生、ここに来てくれ」

「うん」

小さかった清和は可愛くて仕方がなかったが、大きくなった清和も可愛い。極道の証拠である昇り龍をその目で確かめても、清和に対する氷川の想いは変わらなかった。

「仕事もしなくていい。俺が働いて贅沢《ぜいたく》させてやる」

清和は氷川を本当に女房として迎えるつもりらしい。

「何を言っているの、僕は犯罪で稼いだお金はいやだよ」

清和は可愛くても暴力団の悪事は受け入れられないので、氷川は目を据わらせて拒否した。

「断っておくが、うちの組はヤク関係はご法度《はっと》だ。俺は株と相場で稼いでいる」

「株と相場ね」

ギャンブルで稼いでいるのか、と氷川の背筋に冷たいものが走る。氷川にとって、株と相場はギャンブル以外の何物でもなかった。

「今、株価は暴落しているが、暴落している今こそ買いだ」

氷川は清和の経済論に耳を傾ける気は毛頭なかった。

「僕は仕事を続ける」

「そんな細い身体で無理な仕事はするな」

氷川の身辺調査をして、その激務ぶりに清和は驚いたのかもしれない。氷川にしてみれば当然の日々だ。

「極道の女房って、夫が困ったらソープに身を沈めるんでしょう。僕は沈めようにも沈める場所がないから。もう若くもないし、君がお金に困ったら僕は僻地《へきち》の病院に行く。僻地の病院のほうが給料はいいんだ」

どのような関係になっても、氷川の清和に対する庇護欲《ひごよく》は強いままだ。清和を養うためならば給料だけで勤務先を選ぶことも厭《いと》わない。

「俺は絶対に困らせない」

昇り龍を背負った身体は若さに溢れていて、どこか神々しささえある。

「本当なら僕が君を引き取りたい。違う道に進ませてあげたいよ」

若いのだからまだ人生はやり直せる。氷川は切なさが込み上げてきて、清和のシャープな頬を撫でた。子供時代の輪郭とは比べるまでもない。

「……………」

心なしか、清和の周囲の空気がどんよりと重くなった。

「どうしてもお父さんの跡を継がなきゃ駄目なの？」

親の跡を継ぐ話はどこでも聞く。医者の世界でもそうだし、政治家の世界でも二世どころか三世議員がごろごろ転がっている。

「……………」

「お父さんが組長でも清和くんは自分の道を進むべきだ。親の跡を継がなきゃいけない法律なんてないんだよ」

清和の場合、父親の跡を継ぐことが法に反する。氷川は清和の腕を摑んで、思い切り力んだ。

「……………」

「暴力団も世襲制なの？」

執拗な氷川に折れたのか、清和がポツリと口を開いた。

「……世襲制じゃないんだが」

暴力団は実子が親の跡を継ぐことは滅多にない。

眞鍋組はよんどころのない事情があって、清和を次期組長として売りだした。今、実父である組長は植物状態だ。対外的にはもちろん、組内部でも組長の秘密を知る者は限られている。

「清和くんが眞鍋組を継ぐの？」

あってほしくない未来予想図を描き、氷川の胸は苦しくなった。

「そういうことになるかな」

清和は言葉を濁すが、氷川は痛む胸を手で押さえて質問を続けた。

「清和くんは相川《あいかわ》清和じゃなくって眞鍋清和なの？」

「俺は若頭である橋高の養子として引き取られた。眞鍋の戸籍には入っていない」

若頭の橋高は極道の世界では一目置かれている武闘派で、清和の実父である眞鍋組組長の右腕だ。

「清和くんは橋高清和くんなの？」

「そうだ」

「あの、それじゃ、あの橋高さんがお義父《とう》さん？」

「そうだ。あの人は俺に父親としての愛情を注いでくれた。あの人に頭を下げられたら、俺はいやとは言えない」

氷川は清和と橋高の間に強い絆《きずな》を感じた。だが、清和の組長就任には納得できない。

「橋高さんが組長にならないの？」

橋高さんに押しつけて逃げろ、と氷川が言外で圧力をかけたが、清和は昔気質《むかしかたぎ》の極道について語った。

「あの人はほかの組から来た人で、辞退したんだ。橘高の姐さんもそのうち紹介する」

橘高家に引き取られた清和は、以前のようなひもじい思いをせず、充分な愛情を注がれて育ったという。氷川は極道の意外な一面を知った。

「男の女房なんて腰を抜かすよ」

極道の世界がどういうものか見当もつかないが、祝福されないことだけは明らかだ。氷川はありえる未来を予想した。

「橘高の姐さんはそんな人じゃない」

清和は橘高の女房を実の母親以上に慕っているようだ。義母に対する思いを切々と感じる。

「眞鍋の姐さんて方も腰を抜かしたんじゃないの？　さっきの電話は文句じゃないの？」

氷川の懸念を、清和は一蹴《いっしゅう》した。

「文句ではなく確認だった。先生を俺の女房として迎えることに異存はないそうだ」

一昔前よりタブー感は薄れているものの、世間の偏見は根強い。男同士の関係など、非難と嘲笑《ちょうしょう》の的だ。眞鍋組の関係者はどうして誰も罵倒《ばとう》しないのか、氷川は不思議でならなかった。それこそ、今からでも氷川の身柄を拘束して東京湾に沈めればいいのだから。

「極道の世界って全然わからない。飲み食いに命をかける患者よりもわからない」

氷川が思案顔で低く唸《うな》ると、清和は切れ長の目を細めた。

「無理に理解しようとしなくてもいい」

「うん」

氷川がコクリと頷くと、清和は新たな提案を出した。

「資金は俺が用意するから開業でもするか？」

開業など自分には無縁だと思っていたので、氷川は軽く手を振った。

「僕は医者としてはまだ半人前。腕も経験もまだまだ、開業は無理だよ」

「そうなのか？」

「無理は禁物……んっ？」

腰の辺りに硬いものを感じて、氷川は身体を竦ませた。

「すまない」

清和が照れくさそうな顔で謝ってくる。腕の中にいた氷川の裸身に、若い身体が反応してしまったのだ。

「清和くん……」

氷川の目元がほんのりと染まった。

「悪い」

伏し目がちな清和が、氷川の身体から離れ、ベッドから下りようとする。氷川は躊躇いつつも言葉を清和に向けた。

「清和くん、どこに行くの？」

ここで清和を離したら、またどこかに連れていかれそうで怖い。氷川は逞しい清和の腕を摑んだ。

「………………」

「清和くん」

氷川は摑んでいた手に力を込める。

「……そんな目で見るな」

なめらかな肌を晒《さら》している愛《いと》しい者を前にして、耐えられる男は少ないだろう。だが、清和は氷川の怠《だる》そうな身体を思いやってじっと耐えている。

「いいのに」

抱き潰しそうで怖い、と清和は独り言のように低く呟くと、ベッドルームから出ていった。熱くなった下半身の始末をするために消えたのだろう。

「ヤクザって、もっと獣じみてると思っていたのに」

氷川が思わず漏らしてしまった呟きが、清和の耳に入ることはなかった。

あの小さな清和くんがあんなに逞しい男になるなんて、あの可愛かった清和くんが僕にこんなことをするなんて、と未だに氷川の頭の芯《しん》はぼうっと痺《しび》れている。

腰の怠さは清和の一物の大きさと激しさを物語っていた。触れられたところが熱いし、思いだすだけで顔も火照《ほて》ってくる。

身体の中には清和の放ったものが残り、秘部から漏れていた。

氷川は自分の指で濡れた秘部を探って確かめてしまう。

ここに、あの清和くんが入ったんだよね、これは清和くんのだ、大きくなったんだ、よちよち歩きの清和くんが、前かけをしていた清和くんが、と氷川の思考は大嵐《おおあらし》のように駆け巡っている。秘部に触れた指には清和の残留物が付着していた。

「大人になったんだ」

氷川がベッドの中で顔を赤くしていると、身なりを整えた清和が戻ってきた。もう、情事の気配は微塵も窺《うかが》わせてはいない。命知らずの極道が頭を下げる眞鍋の清和だ。

「清和くん、可愛かったのに」

氷川は無意識のうちにポツリと漏らした。

「……………」

行為の最中におむつの話を聞いた清和は免疫がついたのか、雪の日を連想させる双眸で氷川をじっと見つめる。

「昔はちゃっちゃっちゃっ、しか言えなかったのに」

「…………」

「挨拶はちゃーっだったのに」

清和を見つめていると罪悪感が込み上げてきて、氷川はいたたまれなくなる。犯罪者になった気分だ。

「…………」

「ころころころっ、てボールみたいに転がっていたのに……」

「…………」

初めて会った時、青いベビー服を着た清和は道の真ん中にいた。二歳の清和は座ろうとしているのか、立とうとしているのか、転がっているのか、判断のつかない動きを道でしていたのだ。いつバイクや車が走ってくるかわからない道の往来で危なっかしくてたまらず、氷川は焦って清和に駆け寄った。

『えっと……』

氷川はベビー服を着た清和の前で思案に暮れた。施設にも乳幼児がいたので取り扱い要注意ということはよく知っていた。

『ちゃっちゃっちゃっ……』

『こんなところにいたら危ないよ』

氷川が優しく声をかけると、清和から返事があった。

『ちゃーっ』

今でも清和の第一声は氷川の耳に残っている。氷川が手を伸ばすと、清和はにこにこして抱きついてきた。ミルクの匂《にお》いがしたものだ。

「清和くん、初めて会った時のことを覚えている？」

当時、二歳だった清和に記憶の糸を手繰《たぐ》らせても無駄だろう。清和の半開きの口は動かない。

氷川には目の前に二歳児がいるような錯覚に陥《おちい》った。

「僕、どうしよう……あんなにちっちゃな子供相手に……なんてことをしちゃったんだ、僕は人として失格だ」

氷川が罪悪感に苛《さいな》まれて頭を抱えると、清和は地を這うような声で言った。

「もうガキじゃない。身体でわかっただろう？」

リンゴのような頬をしていた二歳児は、雄々しい美丈夫に成長している。身体でわかったはずだが、どうしたって違和感は拭《ぬぐ》えない。

「……そうなんだけどね、そうだよね、清和くんはもう赤ちゃんじゃないんだよね。昔はミルクの匂いがしたけど、今はもうミルクの匂いはしないものね」

氷川は目の前にいる凜々《りり》しい清和を凝視すると、自分に言い聞かせるように言った。現在、清和からミルクの匂いはしない。

「ああ」

「組長代行なんて……立派になって、とは言えないけど」

過去の清和を必死になって打ち消しても、悲しい現実が氷川の前に立《た》ち塞《ふさ》がった。

「ヤクザの子はヤクザだ」

「未成年のくせに」

十の歳の差は十年前よりも小さくなっているかもしれない。しかし、今でも十歳の差は大きい。

「…………」

「ヤクザでもやっぱり可愛い」

氷川は清和の首に左右の腕を回した。

もう、清和は氷川の膝の上に乗せられるような小さな子供ではないが、温もりはまったく変わっていない。清和の双眸は恐怖を覚えるほど鋭いけれども淀《よど》んでもいない。

「…………」

清和は視線で非難しているが、氷川は心の底から湧き上がってくる感情をストレートに伝えた。

「だって、可愛いんだもの」

清和が極道の金看板を背負っていようとも、どうしようもなく可愛かった。清和の首に回した腕には力が入り、自分の白い頬を擦り寄せた。清和は抗《あらが》わずにじっとしている。

「先生、ここに来てくれ」

「うん」

氷川は頬擦りをしたまま答えた。

「大切にする」

「うん、僕も清和くんを大事にするからね」

今まで可愛がれなかった分も含めて、清和を大事にするつもりだった。

「明日は仕事なのか？」

「うん」

「休めないのか？」

清和は氷川の怠そうな身体を気遣っているようだ。

「大丈夫、僕は点滴を打ちながらでも仕事をこなすＤｒ.氷川だよ」

氷川が意味深な笑みを浮かべると、清和は静かに言った。

「そんなに細いのに」

「そう簡単にくたばらないよ。それよりお風呂《ふろ》を貸して」

氷川の身体の中には清和の残留物が入っている。濡れた秘孔から溢れた白い液体が足を伝っていた。おまけに、氷川は裸身のままだが、清和は衣服を着込んでいる。

「あぁ」

氷川がベッドから下りようとすると、清和が腕を伸ばしてくる。氷川は清和に軽々と抱き上げられた。

「清和くん、力持ちだね」

氷川は頬を薔薇色《ばらいろ》に染めて称《たた》えたが、清和はあっさりと流した。

「軽い」

「そう？」

抱っこをせがんできた子供に、抱き上げられるようになったのだ。氷川は清和の逞しい腕の中で改めて時の流れを感じ、苦笑を漏らしてしまう。

「どうした？」

「ううん」

氷川を抱いて歩く清和の足取りは確かだった。二人が愛し合ったベッドルームを出て、バスルームへ向かう。

「何か食べるか？」

「そうだね。でも、そんなにお腹《なか》は空いていない」

　夕食というわけではないが、時間ができた隙《すき》に病院でおにぎりを二つ食べている。

「今夜は泊まれ。明日の朝、病院まで送る」

　断定口調で言い切る清和は、生意気だけれども頼もしい。

「ありがとう」

　氷川は清和に優しい笑みを向けた。すると、釣られるように清和の冷たい双眸が優しくなる。

「一人で大丈夫か？」

「大丈夫、それより何か着るものを貸してね」

「あぁ」

　バスルームには氷川一人で入った。


　氷川はバスルームから出ると、着替えとして用意されたパジャマの大きさに肩を落とした。誰のものか聞くまでもない。

「わかってはいたけど……」

　氷川は清和のパジャマの上着の裾《すそ》を派手に折った。ズボンは丈も長いが腰回りもむちゃくちゃ大きい。パウダールームにある大きな鏡は、大きなパジャマの中で浮いている細い身体を克明に映している。

「本当に大きくなって」

氷川はしつこいぐらい何度も口にした言葉を呟いてしまう。すでに口癖になっている。下を穿《は》かなくても上だけで充分だが、何か卑猥《ひわい》な感じがして、氷川は無理やりズボンを穿いた。腰で何重も折っているが、歩くと今にもズボンがずり落ちそうだ。

氷川はズボンを押さえてパウダールームを出た。

「清和くん……」

清和はソファとテーブルしか置かれていないリビングルームにいた。テーブルには懐石の膳《ぜん》が載せられている。氷川が風呂に入っている間に注文したものだ。

「懐石でよかったか?」

「うん、ありがとう……って、そんな贅沢を……」

用意された懐石の膳は、どう見ても値の張るものだった。料理が盛られている膳からして、高級感に溢れている。

氷川家から独立して以来、懐石料理など滅多にない接待でしか食べたことがない。氷川の食事といえば、病院でパンやおにぎりを摘むのが主流だ。

「これからはなんでも食わせてやる」

「美食は健康の敵だよ」

氷川がきっぱりと言い切ると、清和は言葉を失った。

「……ま、今回はいいか。いただきます」

氷川は清和の手を見て、はっと気づいた。膳に添えられていたおしぼりを手に取る。

「清和くん、手を拭《ふ》こうね」

氷川は甲斐甲斐《かいがい》しく清和の手をおしぼりで拭いた。もう、そんな子供ではないというのに。

「………」

清和は氷川に逆らわず、されるがままになっている。

「さぁ、召し上がれ」

氷川がにっこりと微笑むと、清和は箸《はし》に手を伸ばす。

名のある料亭から取り寄せたという懐石料理は絶品だった。根菜の煮物はゆずの香りと風味が漂い、とても食べやすい。カズノコ料理も上品な味つけが施されている。大きな車海老《くるまえび》の天婦羅《てんぷら》は職人技で揚げられていた。初めて食べたが、白子《しらこ》の天婦羅など口に入った途端、ふわりと溶ける。れんこんにさつまいもに三種類の豆、醤油《しょうゆ》をつけて焼いた油揚げを混ぜた変わりご飯は、とても香ばしかった。

「清和くん、美味《おい》しいね」

「そうか」

若い清和は旺盛《おうせい》な食欲を見せていた。何より、食べるのも早くなっているし、ぽろぽろと零《こぼ》さない。

「清和くん、お箸を使うの上手《うま》くなったね」

「…………」

「あ、清和くん、ワサビだよ、食べられないでしょう」

氷川には学習能力がないのか、いや、ないわけではないのだろうが、清和がまぐろのトロにワサビをつけるので、氷川は慌てて声を張り上げた。

「…………」

「ワサビを食べられるようになったの？」

小さな清和はワサビは食べられないし、コーヒーも苦くて飲めない。氷川はちゃんと覚えている。

「あぁ」

清和が大人の証明のようにワサビをつけたトロを咀嚼《そしゃく》する。氷川は清和の顔がワサビで歪まないか、真剣な目で観察した。清和がワサビを吐きださないのが不思議だ。

「ま、大きくなったからね……本当に大きくなったよね……」

氷川はワサビでも清和の成長を知る。

「あぁ」

「でも、こんな遅い時間に出前をしてくれる店なんてあるんだね」

眞鍋組の息がかかっている料亭に注文したのだから、当然といえば当然だろう。たとえ、深夜でも清和が注文すれば、板前が呼びだされる。そして、清和のために腕を振るう。さすがに、清和もそのような時間帯に注文を入れたことはなかったが。

「あぁ」

「美味しいけど、僕はもう……」

絶品の料理が半分以上残っているが、氷川はそろそろ満腹だ。箸を持ったまま、一息つく。

「小食なのか」

「清和くんが食べて、それでなかったら、明日の朝に僕が食べる。あまったらお弁当にして病院に持っていく」

氷川は慎ましい日常生活を送っていた。一人暮らしの生活の知恵もきっちりとついている。この絶品の懐石料理を始末するなどというもったいないことは考えられない。

「今日中に食べたほうがいい」

「……ん、生物《なまもの》はね」

氷川は穴子《あなご》のお造りを箸でつついた。鮮度云々《うんぬん》というよりも、明日のお昼に食べると危ないかもしれない。

「先生、引っ越しは明日でいいな」

清和が鰻《うなぎ》を巻いた厚焼き卵に箸を伸ばしつつ、なんでもないことのように話しかけてきた。

「明日？」

清和があまりにも性急なので、氷川は穴子のお造りを喉に詰まらせそうになった。必死になって飲み込む。

「先生は何もしなくていい。業者にすべてやらせる」

すでに清和の中では決定事項のようで、抗えない空気を漂わせている。しかし、氷川は目を見開いて反論した。

「明日も明後日も仕事だし、帰りは何時になるかわからない」

「カギをくれ、すべてやっておく」

清和に手を伸ばされて、氷川は困惑した。カギを求められていることはわかっているが、よろしくと言って渡すなんてできない。清和を部屋に入れたくないわけではないのだ。性急な引っ越しに戸惑っている。

「えっと、明後日にして」

氷川が妥協案を口にすると、清和の鋭い目がきつくなった。

「明日はうちに帰っていろいろとしておく。引っ越しは明後日、僕が仕事から帰ってからだから……深夜の引っ越しになるのか」

夜逃げみたい、と思いついた氷川は独り言のようにポツリと呟いた。近所迷惑このうえないだろう。深夜の引っ越しを想像した氷川は唸ってしまった。

「どうして明後日なんだ？」

清和の身に纏《まと》っている空気が刺々《とげとげ》しいものに変わったが、氷川は怯《ひる》まずに真っ向から答えた。

「いろいろとしたいことがあるの」

「何を？」

清和が探るように見つめてくるが、氷川は軽く微笑んだ。

「何をって、いろいろと」

とりあえず、ゴミは捨てたい、と氷川は心の中で囁《ささや》いた。

「引っ越しは明日だ」

清和の周囲の空気がますます険しくなってくるが、氷川は気にせずに応戦した。

「清和くん、明後日が駄目なの？　なら、明々後日でも週末でも。僕は週末がいいかな」

「明日だ」

「明後日？」

「清和くん、どうしてそんな急に？」

氷川が困惑顔で尋ねると、清和は苦々しそうに舌打ちをする。視線を外して、吐き捨てるように言い放った。

「逃がさない」

思ってもみなかったことを言われて、氷川は口を大きく開けた。

「……え？」

清和から逃げる気などない。第一、清和を追ったのはほかでもない氷川だ。清和が眞鍋組組長の後継者だと知っても、氷川の気持ちは変わらない。眞鍋組から解放してあげたい、違う人生を歩ませてあげたい、と強く思っているけれども。

「先生が俺から逃げたらどんな手を使っても追い詰める。俺は先生を追い詰めるようなことはしたくない」

清和は視線を逸らしたまま、腹の底から絞りだしたような声で言った。彼の周りには青白い炎が燃え上がっている。

「そんな、逃げませんって」

清和の葛藤と懸念を払拭《ふっしょく》するように、氷川は男にしては繊細な手をひらひらさせた。

「引っ越しは明日だ」

清和は外していた視線を氷川に戻すと、確定とばかりに断言した。屈強な極道を従える迫力を漂わせているが、氷川は穏やかな口調で切りだした。

「僕は久しぶりに……あの……数年ぶりにああいうことしたから、さすがに身体が重いの。明日はもっと重くなっていると思う。引っ越し作業なんかできない」

今も腰が重いけれども、明日になればもっとひどくなっているだろう。不調の原因は調べるまでもない。

「業者にやらせるから、先生は何もしなくてもいい」

清和は顔色ひとつ変えなかったし、予定も変更しなかった。

「他人に私物を見られるのはいやだな」

「危ないものを持っているのか？」

清和の鋭い双眸に強い光が混じり、声のトーンも一段と低くなった。

「……危ないもの？」

一瞬、何を言われているのか意味がわからなくて、氷川は目を大きく見開いて聞き返した。

「先生が悪事に手を染めているとは思わないが」

清和が言おうとしていることがわかって、氷川は形のいい眉《まゆ》を思い切り顰《ひそ》めた。

「僕は薬の横流しなんてやっていません」

夜の街やインターネット上では高値で売れる薬物がある。小遣い欲しさに病院から薬物をくすねて、売りさばいた不届きな若い医者がいた。医者のモラルを問われて久しいが、確実に人としての質も低下している。

「なら、いいだろう」

清和の表情や態度に焦燥感は出ていなかったが、明らかに氷川の心変わりを気にしている。

「あのね」

「引っ越しは明日、先生の仕事が終わってからだ」

氷川はとうとう清和に折れた。

「何時に終わるかわからないよ」

氷川が渋々ながらも承諾すると、張りつめていた清和の周囲の空気が和《やわ》らいだ。

「あぁ」

「真夜中の引っ越しなんて、ご近所に迷惑だよ」

「近所から怒鳴り込まれたら俺が出る。任せろ」

清和の背後に昇り龍が浮かんだような気がする。

迫力を漲らせた清和に睨まれたら、右隣の部屋の若いサラリーマンは腰を抜かしてしまうかもしれない。左隣に住んでいる若ハゲの講師は泣きだしてしまいそうだ。

「清和くん、駄目だよ」

氷川は真っ青になって、極道の顔を見せる清和を止めた。

「問題はない」

「あるかもしれないよ」

「ない」

清和と再会してから目まぐるしい速さで、想像外の出来事が次々に起こった。氷川はこの急展開についていけないが、決していやだとは思わない。清和が可愛くてたまらないからだろう。

5

翌朝、氷川《ひかわ》は眞鍋《まなべ》組のショウが運転する黒塗りのベンツで明和《めいわ》病院に向かう。氷川と清《せい》和《わ》は広々とした後部座席に並んで座った。

清和はイタリア製の黒のスーツに身を包んでいる。昨夜《ゆうべ》、氷川はクローゼットを覗《のぞ》いて、収められている衣類を確かめたが、極道色の強いスーツは見当たらなかった。

『よかった、清和くんは変なスーツを持っていないね』

氷川がほっと胸を撫《な》で下《お》ろすと、清和は口元を軽く緩めた。

『なんで、眞鍋組の人はあんな変な服を着るの？』

氷川は素朴な疑問を投げたが、清和は何も答えてはくれなかった。清和も答えようがないのかもしれない。

『あんな服を着て歩いていたら不審人物に思われる』

『………』

『あ、不審人物か……』

ラメのストライプが入った赤地のスーツなどに清和が袖《そで》を通したら、氷川は止めてしまうに違いない。もっとも、清和が持っているスーツは黒ばかりだ。好青年を演出するには無理がある。

可愛《かわい》い清和が隣にいるだけで時が流れるのも早い。いつしか、青々とした木々に覆われた氷川の勤務先が見えてきた。

「連絡をくれ」

氷川が黒塗りのベンツから降りると、清和は今夜の引っ越しについて示唆した。仕事を終えた時点で連絡を入れる手筈《てはず》になっている。

「うん、それじゃ、またね」

腰は重かったが、気分は晴れやかだ。わがままな外来患者をいつものように診察した後、病棟を回った。今は重病患者を担当していないので、気分的にも体力的にも楽だ。

「氷川先生、何かいいことがあったんですか?」

医局で論文に目を通していると、外科医の深津《ふかつ》に声をかけられた。

「……え?」

「氷川先生の後ろで七人の小人が踊っています」

深津に意味深な笑みを向けられて、氷川は戸惑った。周囲を見回したけれども、七人の小人どころか人もいない。そばにいるのは含み笑いを浮かべている深津だけだ。

「七人の小人って、いったいなんですか?」

「だから、氷川先生の後ろで七人の小人が輪になって踊っているように見えます」

七人の小人、七人の小人といえばどこかで聞いたことがある、と氷川は考え込んだ。継母に毒リンゴ、白雪姫に王子様、七人の小人、と遠い記憶が甦《よみがえ》ってきた。施設で白雪姫の絵本を見た覚えがある。院長が子供たちに絵本を読んでくれたのだ。幼かった氷川の楽しみでもあった。

「あの……七人の小人ってもしかして白雪姫の?」

氷川が躊躇《ためら》いがちに尋ねると、深津は腕組みをして大きく頷《うなず》いた。

「はい、七人の小人が白雪姫を取り囲んでいます」

「もしかして、僕が白雪姫だと?」

氷川は深津が言おうとしている意図に気づいた。

日本人形のようだと言われたことは何度もあるが、白雪姫と言われた記憶はない。氷川は深津をまじまじと見つめ返してしまった。

「お遊戯会とかで白雪姫をやらされませんでしたか?」

俺は白雪姫では王子様の役をやりました、かちかち山ではたぬきの役でしたが、と深津はつけくわえた。深津のルックスに王子様はしっくりするが、性格にはたぬきが似合うかもしれない。

「白雪姫なんて一度もありません、何を言うんですか」

「いえ、何か、今日の氷川先生、とても楽しそうですよ」

深津に指で差されながら笑われて、氷川は動揺してしまった。椅子《いす》から滑り落ちそうになるがすんでのところで留まる。

「えっ、そ、そうですか？」

「はい、口元が緩んでいるし、何かいいことがあったのかと」

深津に指摘されるまでもなく、氷川の脳裏には可愛い清和が浮かんでいる。腰の重さを実感するたびに清和を思いだし、真っ白な頬《ほお》をほんのりと染めてしまった。

「……いえ」

氷川は首を振って否定したが、深津の追及は続いた。

「彼女でもできましたか？」

「そういうわけでは……」

「隠さなくてもいいじゃないですか。真面目《まじめ》な氷川先生にそんな顔をさせる女性を表彰したい気分です」

深津がニヤリと笑うと、背後から医局の秘書が声をかけた。外部から深津に電話が入ったという。深津はしたり顔で氷川の肩を盛大に叩《たた》くと、医局の秘書から受話器を受け取った。

氷川はその場で大きく深呼吸をする。

無意識のうちに浮かれているのかもしれない。氷川は自分に心の中で叱咤《しった》した。緩んでいるという口元を引き締めてから仕事に没頭する。

定時で仕事を切り上げることはできなかったが、七時過ぎにはロッカーから清和に連絡を入れた。予《あらかじ》め決めていた待ち合わせ場所に向かうと、見覚えのある黒塗りのベンツがすでに停《と》まっている。

「お疲れ様でした」

真っ赤なシャツを着たショウが、氷川のために後部座席のドアを開けた。ショウはチンピラじみた外見とは裏腹に礼儀正しい。

「ショウくん、ありがとう」

ゆったりとした後部座席には、雄々しく成長した清和がいる。

「行くぞ」

「うん」

ショウが運転する車は氷川のワンルームへ向かう。住所を告げなくても、ショウは熟知しているようだ。

当時、駅から十分以内という物件を氷川は探した。車やバイクに乗らない氷川の交通手段は電車とバスになる。いくら家賃が安くて広くても、駅から徒歩三十分という物件は避けたかった。迷った末に決めたのがこの場所だ。

築三年でまだ新しいけれども、氷川が住んでいるワンルームはとても狭かった。それでも、都会のワンルームとはこういうものだ。収納設備は不充分だが、トイレとユニットバスはついている。玄関口も狭いが生活するには困らない。

男の一人暮らしにしてはきちんと整理されているし、生活感もあった。緑が好きなので、観葉植物も一種の精神安定剤として部屋に置いている。生活感がまったくない清和の住居とは違う。

「狭いでしょう」

氷川が部屋の明かりを点けながら言うと、清和はポーカーフェイスで辺りを見回した。

「こんなもんだ」

「まぁね」

どこから手をつければいいのか迷って、氷川が狭いワンルームをうろうろと一周すると、清和は低い声で言った。

「業者にやらせる」

「いいよ、自分でやる」

氷川は見られて困るようなものは持っていないが、私物のすべてを他人に覗かれたいとは思わない。

それなのに、清和は携帯電話で待機している作業員に連絡を入れた。氷川の意見など聞く気もないようだ。

「そんなに急がなくっても」

「今夜から先生はうちで暮らす」

絶対に逃さない、と清和は勢い込んでいるようだ。余裕のない清和には氷川も気づいていた。

「清和くん、僕と早く一緒に暮らしたい？」

氷川は上目遣いで強引な清和を見つめた。

「……あぁ」

照れくさいのか、清和は視線を逸らしている。氷川にはちょっとした悪戯心《いたずらごころ》が動いた。

「そんなに僕が好き？」

「あぁ」

「三十前のオヤジなのに？」

清和は視線を外したまま、ぶっきらぼうに言い返した。

「鏡を見ろ」

「清和くん、諒《りょう》兄ちゃんにキスして」

氷川がキスをねだると、清和は唇を近づけた。

軽く唇が触れ合うと、氷川は愛《いと》しさで胸がいっぱいになる。清和の太い首に腕を回して、さらに深いキスを求めた。

清和は積極的な氷川の唇に怯《ひる》むことはなく、きちんと応《こた》える。舌がねっとりと絡み合って、二人の唇は深く重なった。

ディープキスに氷川が目元を染めると、突然インターホンが鳴り響く。

「うっ……？」

氷川が身体《からだ》をビクつかせると、清和は玄関のドアを横目で見た。

「業者だ」

失礼します、という野太い声とともに引っ越し業者が入ってきた。いや、どう見ても半分以上は眞鍋組の構成員だ。もしかしたら、業者自体、眞鍋組の企業舎弟なのかもしれない。

「のんびりしている暇はない」

性急な清和の言葉に、氷川は肩を竦《すく》めた。

「はいはい」

仕事と衣類関係は氷川が段ボール箱に詰めた。家庭用品など、ほかのものは業者によって詰められる。清和がいるからだろうが、誰もが緊張していた。無駄口はいっさい叩かない。

あっという間にワンルームを引き上げて、不夜城にある眞鍋第三ビルの最上階へ移動した。

新居に引っ越し業者の男は入らなかった。人相の悪い眞鍋組の構成員たちが引っ越し業者になっている。指がない大男や極悪非道を体現しているような中年男もいたが、無言でせっせと仕事に励んでいた。

「段ボールは開けなくていい。置いておいて」

氷川の指示にも屈強なヤクザは従順だ。いくつもの段ボール箱が、やたらと広いリビングルームの隅に置かれた。

「台所用品は……あぁ、そこに置いて」

「はい」

氷川はあまり私物を持ってないのですぐに終わる。新居はクローゼットなどの収納が充実しているので、ヒビが入っていた安い箪笥《たんす》は捨てた。

「殺風景な部屋だよね。広すぎるのかな？」

次期組長としては妥当なのかもしれないが、贅沢《ぜいたく》な造りだった。さしあたって、未成年が住む部屋ではない。まったくといっていいほど生活感のない部屋だが、氷川の荷物が運ばれたので少しは変わるだろう。

「欲しいものがあったらなんでも言え」

　予期していなかった反応が清和からあったので、氷川は豆鉄砲を食らった鳩《はと》のような顔をした。

「え……？」

「なんでも買ってやる」

「その……」

　清和は人相の悪い眞鍋組の構成員たちに顎《あご》をしゃくった。すると、引っ越し業者として励んでいた眞鍋組の構成員たちはいっせいに頭を下げて、部屋から出ていく。一人だけ清和の前に残った。

「改めて紹介する、俺の舎弟のショウだ」

　チンピラの代表のようなショウが、目の前で頭を下げている。引っ越し作業で汗をかいたのか、首にはタオルをぶらさげていた。

「よろしく、ショウくん」

　氷川が花が咲いたように微笑《ほほえ》むと、ショウも爽やかな笑顔を浮かべた。

「こちらこそ、よろしくお願いします」

「これから、病院への送迎はショウがする」

清和の言葉に、氷川は目を瞠《みは》った。

「え？」

「先生は俺の嫁さんだ。危ないことに巻き込まれるかもしれない。世の中には頭の悪い奴がいるからな」

氷川は眞鍋組の跡目の妻として、誰かに狙《ねら》われるかもしれない。清和は厳しい表情で氷川を見つめた。

「そっ……」

極道の恐ろしさに触れて、氷川が息を呑《の》むと、清和が真剣な目で言葉を重ねた。

「先生は必ず守る。だから、俺の指示に従ってくれ」

「命に代えてもお守りします」

ショウはふたたび深く頭を下げるが、氷川は戸惑うばかりだ。清和とショウの顔を交互に見つめた後、自分を落ち着かせるように眼鏡《めがね》をかけ直した。

「あの……清和くん、ショウくん、そんな送り迎えなんていいから……こう見えても一応男だし……」

「俺はヤクザだ、諦《あきら》めてくれ」

口では氷川に詫《わ》びているが、清和はまったく悪びれていない。傍《かたわ》らにいるショウも堂々と胸を張っている。

「清和くん……」

「外に出る時はショウを連れていけ」

一人で出歩くなと言っているようだが、どうしたって無理な話だ。氷川は呆気《あっけ》に取られて、大きな溜《た》め息《いき》をついてしまう。

「はぁ……」

清和との再会で氷川の生活はガラリと変わった。


氷川が眞鍋第三ビルの最上階に移り住んでから三日たった。氷川夫妻は見合い話を進めているようだが、完全に無視する。そのうち、見合い相手の妊娠が発覚して話は終わるだろう。氷川総合病院の赤字経営も聞かなかったことにする。今でも氷川家に恩は感じているが、どうしてやることもできない。

仕事が終わると、氷川は明和病院の裏門から少し離れた空き地に向かう。豊かな緑に囲まれた場所なので、そういったスペースはたくさんあった。

氷川の姿を早々に見つけたのか、黒塗りのベンツからショウが降りて待機している。

「お疲れ様でした」

黒塗りのベンツのドアが、氷川のために開けられる。

「ありがとう」

氷川はショウを労《ねぎら》いつつ、後部座席に乗り込んだ。

運転席に座ったショウは一声かけてからアクセルを踏む。氷川を乗せた黒塗りのベンツは閑静な高級住宅街を進んだ。

「ショウくん、前々から聞きたかったのだけど」

氷川が神妙な顔つきで尋ねると、ショウはハンドルを握りながら明るく答えた。

「はい？」

ショウの外見はチンピラだが、性格は明るくて真《ま》っ直《す》ぐで清々しい。暴力団は今でも怖いが、ショウは早くも気に入った。

「あの、例の明和にいた多田《ただ》先生の医療ミス？　本当に眞鍋組の人はお亡くなりになったの？」

可愛い清和と再会するきっかけになった出来事が、氷川の胸に棘《とげ》のように刺さっているが、清和に聞いても答えてくれなかった。初めて二人きりで向かい合った時、清和は息せき切って話してくれたが、成長した彼はどちらかというと無口なのだ。ボーイソプラノでなんでも喋《しゃべ》ってくれた子供の頃とは違う。

「あぁ、あれですか。命汚い男でして、今ではピンピンしていますよ」

ショウがあっさり答えたので、氷川の白皙《はくせき》の美貌《びぼう》が歪《ゆが》んだ。

「それなのに、眞鍋組は『うちの若いモンを殺した』とか言って乗り込んできたの？」

氷川が目を吊《つ》り上《あ》げて非難すると、ショウは前屈《まえかが》みで唸《うな》った。

「うっ」

「君たちって、眞鍋組って……」

可愛い清和が眞鍋組の男でも、暴力団に対するイメージは悪いままだ。眞鍋組に対する不信感がますます募る。

ショウは焦ったらしく、早口で捲《まく》し立てた。

「でも、あの若い先生はひどかったっスよ。俺がそいつに付き添って救急車に乗ったんですけどね、何度呼んでもなかなかやってこないわ、やってきたと思ったら女の匂《にお》いをプンプンさせてるわ、態度は悪いわ、俺らのことを虫ケラ以下にしか思っていない。腹が痛いってのた打ち回っているのに、ろくに診察もしないで痛み止めの薬だけだして、破裂寸前までいったんですよ。代行が単なる腹痛じゃないって気づかなかったら、マジに危なかったって。あんなひどい医者は見たことない。許せねぇ」

ショウが一気に語った最低な医師には氷川も覚えがある。多田がやりそうなことだけに、氷川は何も言えなかった。

「ショウくん……」

多田の行為は決して許されないが、眞鍋組の行動も褒《ほ》められたものではない。医師として氷川は複雑だ。

「どうしてあんな奴が医者になれるんですかね？」

ショウが忌々《いまいま》しそうに問うので、氷川は額を押さえて医師の真実を告げた。

「医者になるのに人格はいらないから」

氷川の説明に納得したのか不明だが、ショウは唐突に話題を変えた。

「……あぁ、そうだ、今夜は外でメシを食おうと、代行が言ってました」

清和からの言伝《ことづて》に、氷川の上品な眉《まゆ》が顰《ひそ》められた。

「清和くんの外食だったらまた高い店でしょう。若いうちからそんな贅沢ばかりしてどうするの」

水で飢えを凌《しの》いでいた子供の変貌《へんぼう》に、氷川は戸惑いを隠せない。清和は氷川のために金を使いたがった。

国内最高と称賛されるフランス料理店に連れていかれても焦るだけだ。高級江戸前寿司の職人を呼ぼうとする清和にも驚き、氷川は慌てて止めた。自宅に寿司職人を呼ぶなど、とてもじゃないが考えられない。

「俺に言われても困るんスよ。待ち合わせ場所につけますから」

氷川がどんなに文句を言っても、ショウは清和の指示に従うだけだ。上の命令に逆らえないことは氷川もわかっている。

「もう、こんこんと言い聞かせなきゃ」

氷川が溜め息をつくと、ショウはぶはっ、と派手に噴きだした。

「ショウくん、どうしたの？」

氷川が怪訝《けげん》な顔で尋ねても、ショウは肩を震わせながら笑い続けた。

「……いや……ははっ、ぶはははっ、いえ……」

氷川はショウの笑いのツボを刺激した覚えはないので、些《いささ》か気味が悪くなってくる。笑いキノコなんて食べていないはずだ。

「だから、どうしたの？」

「はは、思いだし笑いっス……がははは っ」

何を思いだしているのか不明だが、会話の流れから察するに、清和と自分が絡んでいるような気がする。氷川はくしゃくしゃの顔をしているショウに訊《き》いた。

「いったい何を思いだして笑っているの？　清和くんと僕のことだね？」

「……いえ、その……ははっ、わはははははっ」

ショウはハンドルを左に切りつつ、盛大に爆笑している。目には涙まで溢《あふ》れた。

「ショウくん、言いなさい」

言うまで許さない、と氷川が固い決意を漲《みなぎ》らせると、ショウは爆笑の理由を語った。

「だ、代行が橘高《きったか》のカシラに……」

おむつの世話をしてもらった女房には頭が上がらない、と清和は橘高にボソリと漏らしていたらしい。

それはかりはどうすることもできない、と橘高は意気消沈している清和の肩を鼓舞するように叩いて慰めたそうだ。俺はおむつの世話をしてもらっていなくても女房には頭が上がらない、と橘高は自分の夫としての立場も口にした。その場にいたリキやショウも口を挟める雰囲気ではなかったという。

くっくっくっくっ、とショウは腹を抱えて笑っている。

「おむつでもこもこしていた清和くんは可愛かったよ」

氷川は清和の複雑な男心が理解できない。いや、理解する気もないのかもしれない。現在、舞い上がっている最中だ。

「お、おむつっスか」

「うん、本当に可愛かった。今でも可愛いけどね」

清和に対する形容がショウには理解できないらしく、目を宙に泳がせている。

「可愛い……可愛い、う〜ん、可愛いっスか」

昇《のぼ》り龍《りゅう》を背負った極道でも、海千山千の強面《こわもて》を率いる組織の頭でも、氷川には今も昔も変わらない可愛くてたまらない清和だった。

6

氷川《ひかわ》は酒の匂《にお》いが充満している病室でわなわなと震えた。自分を落ち着かせるために一息ついてから口を開く。

「退院してもらいますよ」

病室で酒を飲んでいた担当患者に、氷川は低い声で言った。本当は腹の底から怒鳴りたいがじっと堪《こら》えている。

「氷川先生、そんな、このくらいで……」

赤ら顔の担当患者は堂々と開き直った。

「ここは病院です。何より、あなたは肝臓を悪くされているのですよ。お酒などもってのほかです」

氷川は外見や年齢などの理由で、今回のように差額ベッド代が半端ではない個室に入院する患者には、見くびられることがある。

「焼酎《しょうちゅう》は身体《からだ》にいいって、みのもんたも言っていましたよ。知らないんですか?」

担当患者がしゃあしゃあと語ったので、とうとう氷川の我慢の限界を超えた。

「何を言っているのですかっ」

怒髪天《どはってん》を衝《つ》いた氷川の怒鳴り声が、白い病室に響き渡った。ここでなんとかしないと、医師としての今後に関《かか》わる。

「ですからね、焼酎は……」

担当患者は偉そうに焼酎のレクチャーをしようとしたが、氷川はきつい口調で遮《さえぎ》った。

「なんのために入院したのですか。誰のための禁酒ですか。退院してもらいますっ」

氷川は言葉ひとつで非難されることを知っている。しかし、今回ばかりは言葉を選ぶ余裕がなかった。

三大欲望のひとつといえども、飲《の》み食《く》いに命を削る患者の気持ちが、氷川にはわからない。

飽食の時代を体現している患者に接すると、水で飢えを凌《しの》いでいた小さな清和《せいわ》を思いだす。だが、今の清和は違う。泣く子も黙る眞鍋組《まなべぐみ》の清和だ。

清和が責任者を務める眞鍋第三ビルの最上階に移り住んだ氷川は、すでに週末を二度過ごした。

イタリアの有名な高級ブランド名がついている清和の黒い財布には、常時万札が百枚以上詰まっている。氷川にも『小遣い』と軽く言って、万札がびっしり詰まった財布をくれた。

『せ、清和くん、これは何?』

氷川は手渡された財布の中身を確認して、腰を抜かしそうになった。今までの人生で、氷川の財布にこれだけの万札が詰まったことはない。

『だから、小遣い』

清和は平然としているが、万札の厚さを見れば見るほど氷川の胸はキリキリと痛んだ。

『小遣いっていう金額じゃないでしょう。諒《りょう》兄ちゃん、びっくりしたよ。清和くんが銀行強盗に入ったのかと思った』

氷川はなんの気なしに銀行強盗という単語を口にしたが、清和の職業が職業だけに笑えない。

『………』

『財布、財布だけ貰《もら》っておくね』

清和から与えられた金額の大きさに驚き、財布を受け取ったものの中身は返してしまった。飲み食いに命を削る患者より不可解だ。

夜の九時過ぎに病院を出ると、指定された場所に向かう。清和が待つ場所に帰るためにだ。

涼やかな夜風が木々を静かに揺らしている夜だった。いくつもの鈍い色の星が月とともに夜空を飾っている。

「お疲れ様です」

氷川の送迎を一手に引き受けているショウが、後部座席のドアの前で一礼した。ピアスや指輪やチェーンネックレスなどの銀のアクセサリーをじゃらじゃらつけ、黒いライダースーツに身を包んでいるが、ショウは最大限の礼儀を氷川に払っている。

「ありがとう……と、清和くん?」

ゆったりと広がっている後部座席には、アルマーニの黒いスーツを身につけた清和が悠然と座っていた。顔立ちの整った美男子なのだが、鋭すぎる双眸《そうぼう》が清和の正体を教えている。どちらにせよ、迫力がありすぎた。気の弱い者ならば、清和と目を合わせただけで震えるだろう。

氷川は清和の横に座ったが、仲良く並んでいても恋人同士どころか友人同士にも見えない。

「時間が空いたから」

修羅《しゅら》を背負った者が持つ迫力と威厳を兼ね備えた男は、同じベッドで寝ている氷川を見ても人前でむやみに微笑《ほほえ》んだりはしない。

氷川は清和に優しい笑顔を向けた。媚《こび》ではなく、自然に出たものだ。

「それで、清和くんまでわざわざ来てくれたの?」

ショウが運転する黒塗りのベンツは、眞鍋組が牛耳《ぎゅうじ》る街へ向かう。氷川の送迎を任されるだけあって運転技術は見事だ。

「あぁ。先生、食事は？」

清和は氷川を『先生』と呼ぶ。周囲も清和に倣《なら》って氷川を『先生』と呼んでいた。成人男子である氷川が清和にとってどんな存在であるか知っていても、それに関していっさい文句は出ないし、嘲笑《ちょうしょう》の視線すら向けられない。

「病院で摘んだから」

「何を食べたんだ？」

「パン」

「食事に行こう」

清和にとって時間は関係ない。電話一本で清和の到着を待つ息のかかった店が何軒もある。

「清和くんが行くところは高い店ばっかり。若いうちからそんなに贅沢《ぜいたく》ばかりしてどうするの。うちでご飯を食べようね」

氷川は目を吊《つ》り上《あ》げて、贅沢な外食を拒んだ。

「予約を入れている」

「僕がキャンセルしてあげる。駄目だよ、外食ばかりしていちゃ。僕が作るから、うちで食べようね」

氷川は諭すように清和の膝《ひざ》を軽く叩《たた》いた。

「疲れているだろう？」

清和は目を曇らせたが、氷川は白い手を振った。

「僕は慣れている」

ショウはいっさい口を挟まず、車の運転をしている。助手席には清和の右腕とも言うべき舎弟のリキが座っていた。地味な濃紺のスーツを着込んでいるリキにあまり極道の匂いはしないが、迫力は半端でなく凄《すさ》まじいし、眼光の鋭さは尋常ではない。誰よりも近寄りがたい男だ。

氷川は考えを変えない清和から、運転席にいるショウに言い放った。

「ショウくん、そんな高いお店に行かなくていいから、うちに帰って」

間髪《かんはつ》を容《い》れず、清和がショウに命令した。

「ショウ、『愛蓮《あいれん》』だ」

正反対の指示を背後から出されたショウは、固く口を噤《つぐ》んでいた。振り向かずに前方注意でハンドルを握っている。

「ショウくん、真《ま》っ直《す》ぐ帰ろう。うちに帰ろうね。……ね、清和くん」

もはや、公園でしょんぼりと佇《たたず》んでいた小さな清和ではないというのに、氷川の清和に対する口調と態度は大昔のままだ。

「…………」

「じゃあ、ジャンケンで決めよう」

氷川がジャンケン勝負を挑むと、鋭く切れ上がった清和の双眸が細められた。見ようによっては威嚇だ。

「ジャンケン？」

「僕が勝ったらおうちに直行、清和くんが勝ったら外食」

氷川には勝つ自信があるので、黒目がちな目を輝かせて言った。

「…………」

氷川と清和の話を聞いているショウの肩が、小刻みに震えていた。笑いを噛《か》み殺《ころ》しているのだ。そんなショウを助手席にいるリキは目で窘《たしな》めている。

「ジャンケン」

氷川は真剣な顔でジャンケンポーズを取る。高偏差値の医学部及び医師国家試験を現役で通った医師とは思えない姿だ。

『眞鍋の昇《のぼ》り龍《りゅう》』と一目置かれている清和は、無表情でジャンケン勝負を受けた。そして、勝った。

負けた氷川は自分の手を見つめて呆然《ぼうぜん》とする。

「清和くん、ジャンケンっていえばぐーしか出さなかったのに、いつもいつも必ず最初はぐーだったのに、次はちょきで……」

氷川は小さな清和の過去を遠い目で語ったが、誰も何も言わなかった。

そうこうしているうちに、眞鍋組が権力を振るっている夜の街に着く。不夜城はこれからだと言わんばかりに、禍々《まがまが》しいネオンが光り輝いていた。土曜日なので背広姿の月給取りは少ないが、ゴルフ帰りの中年男が多い。無国籍料理の居酒屋では学生のコンパがあったらしく、個性的な看板の前で若い男女が大声で騒いでいた。これから、カラオケへ流れるらしい。

ショウが運転する車は、目当ての店の前で停《と》まった。黒塗りのベンツから百九十近い長身の清和が降り立った途端、その場の空気が変わる。パチンコ店の前にいた悪役プロレスラーのような男が、清和の顔を見るとすぐに頭を下げた。若いホストの集団も清和の存在に気づくと深く腰を折る。粋《いき》な辻《つじ》が花《はな》を着こなした女性と真っ赤なソワレを着た女性が、清和にお辞儀をした。男を骨抜きにする夜の蝶《ちょう》は、媚《こび》を含んだ一礼を清和に投げているようだ。

現在の清和の握っている力の証明かもしれない。この場で清和を見てもいっさい反応しないのは、眞鍋組のシマに金を落とす一般客だけだ。

「お前らも食っていけ」という清和の一言で、ショウとリキも店内に入った。

キャバクラとスナックだらけのビルの一階にある中華料理の店だったが、中国ランタンが飾られた店内にはそこはかとない高級感が漂っている。チャーハンと味噌《みそ》ラーメンのセットなどという、大衆向けの中華料理店ではない。場所柄、玄人《くろうと》が客と店外デートに使用する店として繁盛しているらしい。ここから同伴出勤している玄人は多かった。

「いらっしゃいませ」

当然のように特別室に通される清和の後に、氷川はすごすごと続くしかない。

「よくおいでくださりました」

オーナーらしき初老の主人は、清和をうやうやしく迎える。清和は軽く頷《うなず》いただけで、言葉は返さない。

予《あらかじ》めオーダーは決まっていたらしく、蒸《む》し鶏《どり》の前菜から始まったフルコースが丸いテーブルに並べられる。料理を運んでくるチャイナドレスを着たウエイトレスは、緊張しているようで、特に清和とは目を合わせようともしない。もっとも、ウエイトレスには誰も注意を払わなかった。深紅のチャイナドレスの深いスリットから見える足に、ショウが視線を止めているぐらいだ。健康的な男子の証明である。

「君とは初めましてかな？」

清和に影の如《ごと》く張りついているリキに、氷川は柔らかな微笑を向けた。

ショウのようにヤンキー上がりという風情《ふぜい》はないし、ほかの組員のように一般人には受け入れがたい悪趣味な服も着ていなければアクセサリーもしていない。短くカットされた髪型がシャープな顔立ちに映え、尋常ならざる迫力さえなければ爽《さわ》やかな男に見えないこともないが、どうしたって普通のサラリーマンには果てしなく遠い。

清和が氷川に眞鍋組の頭脳とも言うべきリキを紹介した。

「俺の下についている、リキだ。こいつの顔は覚えておいてくれ」

何かあった時に助けてくれる男だ、という清和の気持ちは、氷川にもちゃんと届いていた。そうでなければ、清和はこのように氷川に紹介しない。

清和がショウと同じようにリキという若い組員を信用していることは、痛いほどわかった。わかったからこそ、氷川はリキに笑顔を向けた。

「リキくん、よろしく。清和くんと仲良くしてあげてね」

氷川のとんでもない言葉にショウはついに噴きだしたが、慌てて下を向くと、じっとピータンを見つめる。

清和は表情を崩すことなく、リキの反応を窺《うかが》った。

「姐《あね》さん、ご丁寧なお言葉、ありがとうございます」

リキは静かに箸《はし》を置くと、その場で頭を下げた。いつも冷静な彼は舎弟としての態度を逸脱しない。

「……姐さん、姐さんね」

男である氷川に面と向かって『姐さん』と呼ぶ輩《やから》は、清和の義父である橘高《きったか》ぐらいだが、改めてその名称で呼ばれると面食らう。氷川は清和に視線を流し、由々しき事態に声を張り上げた。

「……あ、清和くん、未成年なのに飲んじゃ駄目」

清和は紹興酒《しょうこうしゅ》が注《つ》がれたグラスを、無言でテーブルに置いた。氷川の剣幕に怯《ひる》んだわけではないだろうが、指定暴力団の次期組長とは思えないほど従順だ。

清和の飲酒を咎《とが》める氷川に、ショウは口をポカンと開けたまま固まっている。リキは無言で誰とも目を合わそうとせず、柔らかなフカヒレを口に運んだ。

「ショウくんとリキくんは未成年じゃないの？」

氷川はショウとリキの顔を交互に眺めた。

「いえ、俺は成人しています。二十歳《はたち》になりました」

二十歳のショウは、震える声で氷川に答えた。両耳につけている数個のピアスも震えているようだ。

「ショウくん、飲んだら車を運転しちゃ駄目だよ」

氷川は丸いテーブルを神経質そうに人差し指で叩いた。

「はっ」

「リキくんは？」

リキはやたらと落ち着いているが肌が若々しいので、氷川は探るように見つめた。

「俺は二十五歳です」

リキに年齢を詐称している気配はない。どちらにせよ、成人していたらいいのだ。

「そう、清和くんはジュースにしようね」

一番若く見える男が実は最年長だった。言うまでもなく、一番世間を知らないのも最年長の氷川だ。

「…………」

「お酒は二十歳になってから」

今のご時世、十九歳の飲酒を咎める者は滅多にいないだろう。それが、極道の金看板を背負った男ならなおさらだ。

「…………」

「ジュース、貰おうか？　オレンジジュースが好きだったよね？」

眞鍋組の昇り龍として顔を売っている今、できるならばジュースは飲みたくない。侮られたら終わりだ。

「いや」

「ジャスミンティーのほうがいいの？」

「…………」

清和は逃げるように料理に箸を伸ばした。

「いい子だからお酒はやめようね。……あ、清和くん、辛子《からし》だよ。食べられるの？　辛いよ」

清和が海老シュウマイに辛子をつけたので、氷川は慌てて止めた。つい先日、清和が刺身にワサビをつけて食べたことを忘れている。氷川にとって清和はいつまでたっても可愛《かわい》い清和くんなのだ。

俯《うつむ》いたまま笑いを噛み殺しているショウに、清和は低い声で言い放った。

「笑っていいぞ」

「いえっ」

苦しそうなショウに代わって、寡黙なリキが口を挟んだ。

「橘高のカシラも眞鍋のオヤジも、自分のカミさんには頭が上がらないそうですから」

「………」

眞鍋組の次期組長と幹部候補の間に、なんとも形容しがたい沈黙が流れる。複雑な思いが交差しているようだ。

「どうしたの？」

黙りこくった極道たちに、氷川は不思議そうに首を傾《かし》げるだけであった。

食事を終えて店から出ると、目と鼻の先に眞鍋組の総本部である眞鍋興業ビルが飛び込んでくる。向かいには眞鍋組Ｎｏ.２の実力者である橘高が経営する橘高ローンがあり、消費者金融を営んでいた。

今の極道は金がすべてだという。男を売る商売だと口では言っても、要はどれだけ金を稼げるかなのだ。

清和は株と相場で、莫大《ばくだい》な金を稼いでいた。だからこそ、眞鍋の跡目として肩で風を切って歩くことができるのだ。

「何かあったみたいだな」

清和は眞鍋興業ビルの窓を見た瞬間、低く通る声で言った。一見、ブラインドが下ろされている窓に異常はないが、すぐにショウが駆けだす。リキは清和と氷川のそばから離れなかった。何かあったら、清和と氷川を守るのがリキの務めだ。清和直属の構成員の中でも双璧《そうへき》とされているショウとリキは、自分に与えられた仕事をよく知っている。

「何かあったの？」

氷川は眞鍋興業ビルを眺めたが、普段となんら変わらない。

「先生は先に帰っていてくれ。リキ、先生を送れ」

清和の命令を絶対としているが、リキは自分の役割を知っているので反論した。

「代行、一人では……」

清和は必ず腕が立つ男を従えて行動する。自分の腕に自信がないからではない。自分の立場をよく理解しているからだ。けれども、今の清和の隣には非力な氷川がいる。

「俺はそんなにヤワじゃない、先生を部屋の中まで送れ」

部屋の中に誰もいないか確認してから入れ、という清和の意図は説明しなくてもリキに通じる。

リキは軽く頷くと、氷川に視線を流した。

眞鍋興業ビルがある大通りから少し離れている場所に、清和と氷川が暮らしている眞鍋第三ビルがある。明日は久々の休日だと氷川の心は弾んでいたが、清和の態度を目の当《ま》《あ》たりにして不安でいっぱいになった。

「あの、清和くん、何かあったの?」

氷川は泣きそうな顔で、目の前にいる清和に尋ねた。

「組のことだ、先生は何も気にするな」

氷川は眞鍋組の内部のことはわからない。清和が組に関して、滅多に口を開かないからだ。

「危ないことをしちゃ駄目だよ」

氷川は不可解な極道の世界に首を突っ込む気はないが、清和の身を案じればそういうわけにはいかない。

「先に寝ていてくれ」

氷川は眞鍋組総本部に詰めていた構成員たちを脳裏に浮かべると、清和の逞《たくま》しい腕をぎゅっと摑《つか》んだ。清和を一人で眞鍋組総本部に行かせたくない。

「清和くん、あそこには怖そうな人ばかりいるから、僕もついていってあげる。指のない人もいたよ」

清和は鋭い目を少しだけ細めると答えた。

「先生、俺はその怖そうな人や指のない人の頭だ」

改めて氷川は清和の立場に気づいたが、だからといって不安は消えない。

「あ、そうか……あのっ、お願いだから危ないことはしないで。僕は今でも君を引き取ってあげたいよ。ヤクザから足を洗わせてあげたい」

僕はどうなってもいい、清和を組から解放して、と百戦錬磨の橘高に銃口を向けられても言い返した氷川の想《おも》いは変わっていない。カタギのくせに腹の据わった先生だ、と橘高は感心したそうだが。

「リキ、先生を」

こんなところで立ち往生している場合ではないと、清和はリキを急《せ》かした。すると、呼吸を乱したショウがやってきて、清和にそっと耳打ちをする。

「ショウ、先生を送れ」

「はっ」

清和は氷川をショウに預けると、眞鍋組の総本部へ向かった。清和にはリキが張りついて、周囲に気を配っている。二人とも一度も振り返らなかった。

「ショウくん、何があったの？」

長身の二人の背中が見えなくなると、氷川は呼吸を整えているショウに訊《き》いた。

「先生、とりあえず部屋に行きましょう」

辺りには客引きの男や着飾った夜の蝶がうろついている。不景気に直撃されている者たちは客の獲得に必死だ。

眞鍋組の韋駄天《いだてん》として売れているショウがついているので、客引きの女性は氷川に近寄ってこない。インテリムードを漂わせた氷川一人ならばまた違っただろう。

「清和くんは大丈夫なの？」

氷川は不安で押《お》し潰《つぶ》されそうだが、ショウは力強く答えた。

「大丈夫っス。大事ありません……あ……」

ショウは前方から近づいてきた和服姿の女性に気づいた瞬間、真っ青になって立ち止まった。

「ショウ、その人が清和さんの新しい愛人？」

和服姿の女性は艶のある声で尋ねたが、眞鍋組が誇る怖いもの知らずの特攻隊長は恐怖で顔を強張《こわば》らせた。

「きょ、京子《きょうこ》さん、その、また……」

「その人、噂通《うわさどお》り男に見えるけど？」

京子と呼ばれた女性の美貌《びぼう》に、氷川は息を飲んだ。モデルにしては身長がないものの、女優のような華やかな美貌は、ほかの玄人女性と一線を画している。アップにまとめた緑色の艶やかな黒髪には、見事な細工の銀の簪《かんざし》が挿さっていた。銀地の和服に合わせているのだろう。

「京子さん、失礼します」

ショウは今にも倒れそうな顔で、京子から氷川を隠そうとした。もちろん、無駄な努力だ。

「待ちなさい。眼鏡《めがね》のお兄さん、いくらで清和さんに囲われているの?」

京子の赤い唇が、氷川に迫ってきた。至近距離で見る京子の美貌に圧倒されるが、氷川は女性に対して性欲は湧《わ》かない。世の男のように、鼻の下を伸ばすこともなかった。それより、聞き慣れない言葉に反応してしまう。

「囲われている?」

「あなた、清和さんの囲われ者でしょう。清和さんにそんな趣味があったなんて驚いたけど」

口元に手を添える京子の仕草はひどく女性的で、どこか嫌みっぽい。声音には隠しきれない怒りが込められていた。

「あぁ、僕も驚きました」

まさか、清和にそんな性癖があったとは、と氷川は自分のことを棚に上げて驚いたものだ。

京子は氷川の答えに、柳眉《りゅうび》を吊り上げた。

「あなたね」

氷川はわけがわからずに、京子に言葉を返した。

「はい？」

京子は大袈裟《おおげさ》に溜《た》め息《いき》をつくと、挑むような目を氷川に向けた。

「一応、挨拶《あいさつ》をしておきましょう。私は清和さんの女です。清和さんは週に三日ほど私のところに通っていました。よく覚えておいて」

京子は氷川に挑戦状を叩きつけたようなものだ。氷川は驚愕《きょうがく》で目を見開いたまま固まってしまう。

滝のような汗をだらだら流していたショウは、哺乳類《ほにゅうるい》の悲鳴とも雄叫《おたけ》びとも形容できぬ声を上げてから口を挟んだ。

「京子さん、話はついてますよね」

京子はショウをきっ、と睨《にら》みつけると凄《すご》んだ。

「清和さんと話なんかしていないわよ。納得できないわ。ムショの中でもないのにアンコに走るなんて」

今にも憤死しそうなほど京子は怒りまくっているが、ショウはこの場で倒れてもおかしくないほど顔色が悪かった。氷川は未《いま》だ呆然と立《た》ち竦《すく》んでいる。

「京子さん、また改めて……さっ、先生……」

氷川は全身汗まみれのショウに急かされて、般若《はんにゃ》のような京子に背を向けた。そして、逃げるように立ち去る。

「……あの、ショウくん？」

清和に女性がいたとしても、べつに驚きはしない。眞鍋組の跡目ならば、よりどりみどりだろう。女王然とした華やかな美貌を誇る京子は、鬼のような極道を従えている清和に似合いに思えた。

「はいはいはいはい、はい、話は後で」

どうしたって氷川は引き下がれない。道すがら、ことのすべてを知っているらしいショウに質問を投げた。

「京子さんって清和くんの恋人なの？」

外見だけでなく年齢的にも清和と京子は釣り合っている。氷川の胸がチクリと痛む。

「終わっています、俺が使いに立ちました」

「でも……」

いくら氷川でもわかる。京子は清和のことを終わらせてはいない。彼女は今でも清和を愛しているのだろう。

「終わっています、切れています、代行は先生一筋になりました」

ショウは土色の顔で、氷川に力説した。

「あの、でも……」

「京子さんは昔の女ですから、気にしないでください……さっ」

「とても綺麗《きれい》な人だったね」

嫉妬《しっと》は湧かないが、無意識のうちに華やかな京子と自分を比べてしまった。胸が締めつけられるように苦しくてたまらないが、心筋梗塞《しんきんこうそく》でもなければ心不全でもない。氷川の顔は派手に引《ひ》き攣《つ》った。医師として顔面神経痛という病名をつける気はない。

「眼鏡を外したら先生のほうがずっと綺麗です」

ショウは額の汗を手で拭《ぬぐ》いつつ、わざとらしい笑みを浮かべて言った。

「ショウくん、嘘《うそ》をつくと地獄の閻魔《えんま》さまに舌を抜かれるよ」

「地獄の閻魔さまより、代行のほうが怖い」

ショウは神妙な顔つきで清和について語ったが、氷川はどのような反応をすればいいのかわからない。彼は氷川が知らない清和を知っているようだ。

「ショウくん……」

「十二で隣の姉ちゃんに手を出し、十三でオヤジを半殺しにした俺ですが、上には上がいます」

ショウは天気の話をするように過去を語ったが、氷川の理解力をはるかに超えていた。

「……十二で……十三でオヤジ、半殺し?」

「俺、ワルだったんで少年院には傷害で入りました。ゾク同士の抗争でドジを踏みまして」

てへっ、とショウは照れたように笑って髪の毛を掻《か》いた。

「そ、そう……って、話を逸らさないで」

ショウの不良少年物語に度肝を抜かれたが、氷川は誤魔化《ごまか》されはしない。パンパンパン、と催促するようにショウの背中を軽く叩いた。

「本当にあの女のことは気にしないでください。手切れ金もきっちりと払い終えていますから」

聞き慣れない言葉に、氷川は目を見開いた。

「手切れ金?」

「そういう関係でした。いえ、それだけの関係です。もう気にしないで、忘れてくださいね。京子さんが先生に向かってあんなことを言うなんて、俺の不手際《ふてぎわ》です。すみません」

海底をイメージしたというショットバーの前で、ショウは深々と頭を下げた。彼から滴った汗の雫《しずく》が歩道に落ちる。

「あの……」

「これで、この話は終わりにしてください」

ショウが拝むように両手を合わせるので、氷川は苦笑を漏らした。

「ショウくん」

「京子さんのことで代行に嚙みつくのは勘弁してください」

京子との関係が終わったというならば、信じるしかないだろう。氷川にしても清和が初めてというわけではないし、こんなことで揉《も》めるのもいやだった。それなのに、頭では納得しているつもりでも顔には本音が出てしまうらしく、氷川の楚々《そそ》とした美貌は醜く歪《ゆが》んでいる。しかし、ショウが望んだ言葉を口にした。

「……ん、わかった」

「お願いします」

ショウは柏手《かしわで》を打って、氷川に一礼した。

「最後に、アンコって何？」

京子の口から聞いた言葉が引っかかっていた。小豆《あずき》で作られるアンコでないことは、氷川にもなんとなくわかる。

「うっ……」

どちらかといえば寡黙な清和と違い、よく喋《しゃべ》るショウなのに言葉に詰まっている。

「ムショの中でもないのにアンコに走るなんて、って京子さんが言ったでしょう。ムショは刑務所だよね。アンコは？」

ショウは苦しそうに髪の毛を掻《か》き毟《むし》りながら、なんとも言いがたい呻《うめ》き声《ごえ》を上げた。

「あーっ、うーっ、……っと、ムショの中には男しかいませんから、お友達というかおホモだちもできるわけで、アンコは女役のことです」

ショウは氷川が直視できないらしく、滑稽《こっけい》なぐらい不自然な様子でゲームセンターに視線を流している。未知の世界に触れて、氷川は口をあんぐり開けたが、自分に投げられた言葉を飲み込む。拒んだりせずに受け入れた。

「……は、僕がそのアンコか」

「さ、さ、さぁ、先生、行きましょう」

顔色の悪いショウに促されて、氷川は眞鍋第三ビルの最上階に上がった。

「先生、部屋を開けてください」

最上階の玄関のドアは、これまで清和の指紋と暗証番号がないと開かなかった。今では氷川の指紋と暗証番号もインプットされている。

氷川が清和のプライベートルームに移り住んでから、殺風景極まりなかった内部は変わった。広々としたリビングルームには氷川が持ち込んだチェストや鉢植えの観葉植物が置かれている。白い壁には氷川が気に入っている海の写真が飾られていた。

清和が一度も使ったことがないというキッチンが最も変わったかもしれない。鍋や包丁などの台所用品や電子レンジは氷川が持ち込んだものだが、冷蔵庫は大きいものに買い替えた。

好きなようにしていい、が清和の言葉だ。

まだ解いていない荷物があるけれども、明日の休日で片づける予定だ。通販で購入したルームライトやテレビボード、ボックス、どっしりとした本棚も届いている。

「ちょっと見ない間に、新婚さんの部屋になりましたね」

ショウに指摘されるまでもなく、氷川は清和との生活に舞い上がっていた。清和が傍《かたわ》らにいるだけで心が弾む。

「ショウくん、それはいいの」

ショウのひやかしに氷川は頰《ほお》をほんのり染めた。

「はい、しかし、見違えましたね。……うわっ、何か英語の本がありますよ。先生が読むんですか？」

ショウはテーブルに置きっぱなしにしていた医学書を見つけると両手を上げた。何やら、とても感激しているようだ。

「英語じゃない、ドイツ語だ」

「へぇ、凄いっスね。俺なんか中学もまともに行っていません。英語で言えるのは『はろーぅ』と『ふぁっく』だけです。ドイツ語なんて聞いたこともない」

「医者にドイツ語は必要……って、違うんだ。もう、誤魔化さないで、ショウくん、清和くんは本当に大丈夫なの？」

氷川はショウの腕を摑んで、革張りのソファに座った。

「大丈夫です」

ショウは爽やかな笑顔を浮かべたが、清和が愛《いと》しい氷川は安心できない。

「何があったの？」

いつになく真剣な顔の氷川に、ショウは戸惑っていた。

「あの、俺が言っていいのかなぁ？　代行に聞いてくれませんか？」

「言いなさい、このままじゃ、僕……」

清和の無事な姿を見るまで生きた心地がしない。氷川の切ない気持ちが届いたのか、ショウも苦しそうな顔をした。

「あの、そんなに思い詰めた顔をしないでください。何か、殴り込みに行きそうな雰囲気です」

ショウの腕を摑んでいる氷川の手は震えていた。

「何があったの？　まさか抗争とか？」

氷川にしても以前のように何も知らないわけではない。今までは新聞も滅多に見なかったが、清和と再会してから暴力団関係の記事に目が行くようになっていた。暴力団に関する記事を読むたびにハラハラしている。

「いえ、うちは代行の出現でインテリヤクザに変わっていますから」

ショウは真っ向から血腥《ちなまぐさ》い抗争を否定したが、だからといって、指定暴力団には変わりがない。おまけに、シマは新宿《しんじゅく》という特殊な不夜城だ。どの暴力団も喉《のど》から手が出るほど、眞鍋組のシマを欲しがっている。

氷川も新宿という場所がどれだけ魅力的か、説明されなくてもわかっていた。

「インテリヤクザでもヤクザなんでしょう？」

清和を案じる氷川に負けたらしく、ショウはとうとう口を割った。

「……ま、そうですが。あぁ、そんなに心配しないでください。うちの組はシャブ関係はご法度《はっと》なんです。代行が禁止にしたんですけどね。橋高のカシラもシャブには反対していたし」

覚醒剤《かくせいざい》の恐ろしさを知っている、氷川の白い細面が歪んだ。

「シャブって覚醒剤？」

氷川が非難の目を向けると、ショウは慌てて言った。

「はっ、だから、うちでは禁止されています。それなのに金になるからってシャブの密売に手を出したアニキがいて、橋高のカシラにどやされていました」

眞鍋組の犯罪に、氷川は背筋を凍らせた。

「禁止されていてもお金になるからって、そんなことをするの?」

「ヤクザ稼業も不況が深刻で、組に納める金が作れないんスよ。時代の波に乗れない頭の悪い奴はね」

暴対法で暴力団への締めつけが厳しくなっているばかりか、追い打ちをかけるかのように底の見えない大不況だ。組が維持できなくて強盗などの手っ取り早い集金に走る暴力団もあったが、眞鍋組の内情はそう苦しくはない。だが、眞鍋組の末端には、上納金が納められなくて禁止されている犯罪に手を出す輩もいた。

組と自分の顔を潰した輩《やから》に、清和は容赦しない。覚醒剤に手を出した構成員には、きつい制裁を加える。

「株と相場なんてギャンブルなのに。清和くんは大丈夫なの?」

氷川の心配はやはり清和だった。株で大損をして心労のあまり身体を壊した中小企業の社長や、相場で全財産を失った地主も、氷川の担当患者にいた。

「兜町《かぶとちょう》でも代行はちょっとした評判スよ。仕手戦を繰り広げて負けたことはねぇっス。苦しくなっていた組の台所を、潤おわせたのは代行です。二十億の元手で二百億のシノギなんて、代行にしかできません。一世一代の大博打《おおばくち》、あれで一気にうちは勢力を伸ばしたんです。組の勢力が蓄えている金で測られるご時世ですからね」

清和の手腕を語るショウは鼻息が荒くてとても興奮していたが、金額を聞いた氷川は呆然とするだけだ。

「二十億、二百億？」

あまりにも額が大きすぎて、氷川には実感が湧かない。

「俺だってびっくりした。みかじめ料やノミ屋のシノギなんて目じゃねぇ」

ショウは嬉々《きき》として語ったが、氷川は目を白黒させた。理解できない言葉があったからだ。

「みかじめ料にノミ屋？　みかじめ料って何？　お店から貰うお金だっけ？　ノミ屋ってお酒を飲む飲み屋だよね？」

眞鍋組の幹部が違法なノミ行為でシノギを稼いでいます。ここらへんにノミ屋サロンは十軒以上あります、とショウは口に出せない。己の失言に動揺している。

「あ、あの、その……」

ショウが顔を痙攣《けいれん》させているので、氷川の綺麗な目が曇った。

「ショウくん？」

ショウは奮い立たせるように自分の膝を叩くと、元気よく胸を張った。

「先生、いいえ、ここでは姐《あね》さんと呼ばせていただきます。姐さんはど～んと構えていてください」

「ど〜んと構える?」

「はい、橘高の姐さんなんて、ドス持った男が殴り込んできても迫力で追い返した姐御の中の姐御です」

橘高の姐さん、とは清和が実の母親のように慕っている女性だ。落ち着いたら会う約束になっている。

「ショウくん、ドスって何?」

氷川が理解できない単語について尋ねると、ショウはなんとも言えない顔で答えた。

「日本刀」

氷川の脳裏に恐ろしい惨事が浮かび、清楚《せいそ》な美貌が恐怖で歪んだ。

「あの、ここにも日本刀を持った人が殴り込んでくるの?」

日本刀を持った男に殴り込まれたら、どうやって清和を守ればいいか、氷川は真剣に悩んだ。

「このビルの防御システムは最高です。第一、ここには眞鍋組の関係者しかいません。殴り込みなんて自殺行為ですね。そんな馬鹿《ばか》はいませんよ。それに、今は金のかかる戦争なんて滅多なことではしませんから安心してください」

今の極道は金です、戦争は金でカタがつきます、とショウは小声で呟《つぶや》いた。

「ショウくん、君も危ないことをしちゃ駄目だよ」

氷川は清和だけでなく目の前にいるショウも心配でたまらない。切なそうな目でショウをじっと見つめた。

「はい」

何かあれば眞鍋のために命をかける男だが、ショウは氷川を安心させるために笑顔で承諾した。

「君、指は全部揃《そろ》っているね。切っちゃ駄目だよ」

氷川はショウの手を取って、指の数を確認した。今現在、一本も欠けてはいない。

「指を詰めるようなヘマは踏みたくありませんね」

不敵な笑みを浮かべたショウから好戦的な匂いを感じ、氷川は筆で描いたような眉《まゆ》を顰《ひそ》めた。

「ショウくん」

「もう、そんなに心配しないでください。姐さんは代行のそばで笑っていてくれたらいいんですから」

ショウはヤクザとは思えないほど優しい目で、清和を慕う男たちの気持ちを代弁した。

氷川は清和のそばで笑っていてくれたらいいのだ。それだけでいい。清和が何を求めて、些《いささ》か浮世離れしている氷川をそばに置いているのか、説明されなくてもわかるからだ。欲望を満たす女性ならば、眞鍋組のシマに掃いて捨てるほどいた。見栄を満たす女性は金と力で手に入れることができる。

「はぁ……」

氷川が大きな溜め息をつくと、ショウはソファからゆっくりと立ち上がった。

「あの、もう、お休みになってください。お医者さんっていうのも大変な仕事ですね。土曜も仕事なんて」

「うん」

「明日はお休みですよね？」

「うん、いつもいつもありがとう。送り迎えなんていいのに」

清和の隣に座る氷川に、ガードがつくのは当然だ。

「そういうわけにはいかないんですよ」

「お疲れ様、気をつけて帰ってね」

ショウを帰らせた後、氷川は風呂《ふろ》に入った。


風呂から出ても、清和が帰ってくる様子はない。携帯電話を調べると義父からの着信がいくつもあった。氷川は清和に指示された通り、無視を決め込んでいる。

施設から引き取って育ててもらった恩は忘れていないが、できることとできないことがあるのだ。氷川家のために愛してもいない女性と結婚することはできない。さらなる不幸を招くだけだ。

氷川は清和の匂いが染《し》みついているベッドに潜り込んだ。

キングサイズのベッドと子機しかなかった寝室に、氷川は購入したサイドテーブルを置いた。現在、目覚まし時計と子機をベッドのサイドテーブルに載せ、引き出しには夜の営みに必要な物を収めている。潤滑剤は清和が用意した。

先に寝ていてくれ、と清和に常々言われているが眠れない。身体は睡眠を求めているというのに。

人の温もりがないと眠れないというわけではない。大丈夫だとショウに聞いても、清和の無事を確認しないと心配なのだ。

心のよりどころだった小さな子供との再会に熱くなり、ともに過ごすようになっても冷める気配は一向にない。何か、非現実的な日常にどこまでも舞い上がっていく。自分が自分でないようだ。

著名な教授が記した医学書を開き、清和の帰宅を待った。目は文字を拾っているが、内容はまったく頭に入らない。

目覚まし時計の針が何度も回ったが、清和は帰ってこなかった。

さすがに、瞼《まぶた》が重くなってくる。すると、どこかで物音がした。

ベッドルームのドアが静かに開く。氷川は上体を起こして、待《ま》ち侘《わ》びていた男の名前を呼んだ。

「清和くん？」

「起きていたのか」

別れた時の姿のままで、清和がベッドルームに入ってきた。帰宅してまず氷川の顔を確認しに来たのだろう。

「ケガはない？」

氷川は両手を伸ばして、清和の削げた頬を撫《な》でた。心の底から愛しさが込み上げてくる。

「ああ」

「トラブルがあったんでしょう」

あえて、氷川は覚醒剤について触れなかった。

「終わった」

「終わったって、どうしたの？　恐ろしいことはしていないよね？」

「俺は組長代行として当然のことをした。それだけだ」

清和からトラブルの説明はいっさいなかったが、氷川もそれ以上聞かない。

「危ないことはしないでね」

清和の広い胸に、氷川は顔を押しつけた。血の匂いはしない。

「先生」

「無事でよかった」

「もう寝たほうが」

「うん」

清和は上着を床に落とすと、ネクタイを外した。シャツとズボンも脱ぐ。清和の広い背中に刻まれている極彩色の昇り龍が、スタンドの光の中に浮かび上がった。下着一枚になると、清和はスタンドの明かりを消して、氷川の横に滑り込む。

氷川は逞しい清和の身体にしがみついた。

「あんまり心配させないでね」

「すまない」

清和の温もりを肌で感じて、氷川は目を閉じる。安心したせいか、そのまま眠りに落ちてしまった。

清和は胸元にある氷川の頭をどかすことはしない。

しばらく氷川の寝息を聞いていたが、静かにベッドから下りると、バスルームに向かった。

7

翌日、氷川《ひかわ》が目を覚ますと、隣には強靭《きょうじん》な身体《からだ》を無防備に晒《さら》した清和《せいわ》がいた。部屋着のズボンを穿《は》いているだけで、がっちりとした筋肉がついている上半身を覆うものは何もない。

「清和くん……」

氷川はサイドテーブルに置いていた銀縁の眼鏡《めがね》をかけると、清和の寝顔を覗《のぞ》き込《こ》む。子供の頃の面影が残る懐《なつ》かしい寝顔だ。膝枕《ひざまくら》で眠りこけてしまった幼児体形の清和を思いだす。だが、股間《こかん》にあどけない清和の面影はない。

ふふっ、と悪戯《いたずら》っ子《こ》のように微笑《ほほえ》むと、人差し指で硬くなっている清和の一物を布越しに突いた。無性に楽しくてたまらない。

閉じていた清和の目がゆっくりと開いた。

「何をしているんだ?」

氷川は清和のズボンの前を開いて、直《じか》に股間の状態を確かめた。

「元気だね、本当に大人になったんだね」

氷川は白い頬《ほお》を紅潮させて、清和の分身を指で弾いた。

「もう知っているだろう」

何かあるごとに懐かしそうな目と口調で過去を語る氷川に免疫ができたのか、怜悧《れいり》に整った清和の顔は崩れない。

「わかってはいるんだけどね、つい……」

「…………」

「だって、昔は僕の腕の中に収まったもの。僕の膝の上でお菓子を食べたんだよ。ぽろぽろ零《こぼ》しながら」

懐いてくれる清和が可愛《かわい》くて仕方がなかった。今でもあの当時の清和を思いだすと、頬が緩むし口調も甘くなる。

「…………」

「アイスクリームを食べた時なんて大変、口の周りも服もドロドロになったんだよ。可愛かった」

氷川の目尻《めじり》は下がりっぱなしだ。清和の分身を弄《いじ》っている指には無意識のうちに力が入る。

「…………」

「清和くん、食べるのも上手になったよね」

食後、清和の顔を拭《ふ》かなくてもいいことに、氷川は驚いてしまった。

「…………」

「あ、小さくなっちゃった」

雄々しい清和の股間の一物は、氷川が語る昔話で常の状態に戻ってしまった。清和の下半身は素直だ。

「それでも僕より大きいね」

「だから……」

清和は何か言いかけたが、氷川は切ない目で言葉を遮《さえぎ》った。

「痛かったね」

氷川の視線の先は清和の脇腹《わきばら》にある縫合の痕《あと》だ。

「先生？」

「これ以上、傷を増やしちゃ駄目だよ。痛かったでしょう」

氷川は清和の脇腹にある傷痕を掌《てのひら》で撫《な》でた。右腕にある傷痕も優しく摩《さす》る。悲しくてたまらなかった。

「掠《かす》り傷《きず》だ」

清和はポーカーフェイスで答えたが、氷川は自尊心で目を据わらせた。

「内科医だと思って見くびらないでね。縫った痕を見たらだいたいわかるんだよ」

「…………」

「こんなことなら、外科医になればよかったかな」

氷川は愛《いと》しそうに清和の頭を撫でた。

「……………」

小さな子供のように頭を撫でられても、清和は苦笑を浮かべるだけで氷川の手を払わなかった。

サイドテーブルにある目覚まし時計は正午を知らせている。よく寝たものだ。

「清和くん、ご飯を食べようか」

おはようのキスとばかりに、氷川は清和の額に唇を寄せる。

額に氷川のキスを受けた清和の目が優しく揺れた。きっと、こんな清和を誰も知らない。

二人はベッドルームから出て、リビングルームに向かった。

「清和くん、トーストでいい？　炊飯器のタイマーをセットするの忘れてた」

「あぁ」

氷川がキッチンに立ち、清和は新聞に目を通しながら、ブランチができるのを待つ。清和は毎日六種類の新聞に目を通していた。ハイリスク・ハイリターンのマネー市場で、大勝負をする男の情報収集のひとつだ。

「清和くん、お待ちどうさま」

「ああ」

テーブルには氷川の簡単な手料理が並んだ。ベーコンエッグを少し焦がしてしまったが、清和は文句ひとつ言わなかった。

「清和くん、コーヒー党なんだよね？」

氷川は清和の紅茶にミルクと砂糖をたっぷり入れた記憶がある。かつての清和は美味《おい》しそうに飲んでいた。

「あぁ」

「コーヒーは苦くて飲めなかったのに、今では飲めるんだものね」

小さな清和はミルクがいっぱいのコーヒー牛乳は好んで飲んでいた。ココアも好きだったはずだ。

「あぁ」

「いっそならコーヒーメーカーを買おうか？　僕もコーヒーは好きだし」

コーヒーは好きだが拘《こだわ》りはないので、もっぱら安売りのインスタントだった。清和が好きならばコーヒーメーカーを買ってもいいと思っている。可愛い彼のために美味しいコーヒーを淹《い》れてあげたい。

「あぁ、これで好きなように使ってくれ」

思いだしたように、清和は氷川名義のブラックカードを二枚も差しだした。ともに海外でも充分通用するステイタスのあるカードだ。身に覚えのない銀行通帳とキャッシュカードもある。氷川が持っている口座は、給料振り込みのために作った東都《とうと》銀行と義父からの仕送りのために作った郵便局だけだった。

「……え？」

氷川はブラックカードと通帳を確かめた後、戸惑いながら清和の顔を見つめた。

「カードを作っておいた。好きなように使ってくれ」

清和はさも簡単そうに言ったが、氷川の収入でブラックカードは作れない。氷川の義父も所持していないはずだ。

「好きなように……って」

「生活費にでも小遣いにでも自由に」

「ブラックカードの支払いは清和くんなの？」

カードが引き落とされる口座は氷川名義になっているが、新しく作られた通帳にはとんでもない金額が振り込まれていた。氷川の年収の二十倍近くある。

「支払いは気にするな」

「清和くん……」

「贅沢《ぜいたく》をさせてやる、と言っただろう」

氷川が清和の不遇な時代を知っているように、清和も幸せとは言いがたい氷川の少年時代を知っている。無用になった養子に対する風当たりの強さは、清和も子供心にわかっていたのだ。清和は氷川を守りたがったし、贅沢もさせたがった。

「不景気だし、節約したほうがいい。節約しようね」

氷川は泣きたくなるほど、慎ましく育ってしまった。気が遠くなるほど変わってしまった清和の金銭感覚に、今となってはついていけない。

「生活は俺が見る」

清和は男としてのプライドが刺激されたらしく、周囲の空気が冷たくなった。こんなところは頑固だ。

「はぁ……」

「先生は給料を生活に回さないでくれ」

「もう……」

氷川がブラックカードを前に戸惑っていると、清和は話題をガラリと変えた。

「先生、氷川家のほうから何かあったか？」

「えっと……」

咄嗟《とっさ》に氷川は言《い》い淀《よど》んでしまった。何も隠そうとは思っていないが、清和が氷川夫妻に神経を尖《とが》らせているのは知っている。

「何かあったんだな？」

「携帯に何度か電話があった。病院のほうにも連絡があったけど、運良くというのか忙しかったので出なかった」

氷川夫妻には引っ越し先の住所どころか、何も告げていない。また、今後、何も告げる気はなかった。

「そうか」

清和は食後のコーヒーに口をつけながら軽く頷《うなず》いた。

「お義父《とう》さんから何か？」

「いや」

「僕は清和くんが嘘《うそ》をつくとわかるよ」

氷川がきっぱりと断言すると、清和は珍しく上体を揺らした。心の底から驚いているのだろう。

「………」

「なんとなくだけど、清和くんが嘘をつくとわかる」

清和の目は恐怖を与えるほど鋭いが、淀んではいないし濁ってもいない。子供の頃からそうだったが、清和は嘘をつくと悲しいぐらい澄んでいる瞳《ひとみ》の色が変わった。周囲の空気にも微妙に変化がある。言葉では言い表せないけれども、氷川は感覚でわかった。肌でわかるというのかもしれない。

氷川が動物のようなカンを働かせると、清和は観念したように口元を緩めた。

「名前も聞いたことのない興信所から、俺のところに連絡があった。氷川諒一《りょういち》なる人物の調査をしていたらうちにあたったとね。興信所としては、うちと揉《も》めたくないそうだ。依頼人の名前と依頼内容を聞きだした」

興信所は我が身の安全を図って、依頼人である氷川の義父を裏切ったのだ。清和が眞鍋《まなべ》の組長代行でなければ仕事を遂行しただろう。

「まさか、お義父さんが？　僕の身辺調査を依頼したの？」

ワンルームから忽然《こつぜん》と消えた養子を、氷川夫妻はどう思ったのだろう。調べさせるのは当然かもしれない。

「だいぶ、困っているようだ。氷川総合病院の赤字はかさんでいるし、銀行からの融資はもう望めないだろう。最後の切り札が先生の結婚らしい。ふざけた話だ」

清和に聞くまで氷川総合病院の経営状態は知らなかったが、どこもかしこも不景気で、赤字経営の病院の話は氷川の耳にも届いている。

「そんなに悪いの？」

コーヒーを注《つ》いだマグカップに添えた氷川の手は、知《し》らず識《し》らずのうちに震えていた。

「東都銀行から受けた融資は五回、合計二億五千万、担保にしていた土地の価格は下落して担保割れしているから、継続融資を断られても仕方がない。ほかの銀行に融資を頼んでもことごとく断られている」

氷川の義父は医師としては優秀で、経営している氷川総合病院の評判もよかった。どうしてそのような状態に陥《おちい》ったのか、氷川は不思議でならない。

「どうしてそんなことに」

「メーカーの接待に踊らされて設備投資をしたが、医療法改正で患者数は激減、おまけに長年勤めていた経理責任者が病院の金に手をつけて蒸発した。今まで闇《やみ》に葬ってきた勤務医の医療ミスの証拠を握られているから告訴できない」

清和は摑《つか》んでいる義父の裏事情を淡々と口にした。氷川は聞き入るだけで、言うべき言葉が見つからない。

「奥方も浪費家だ」

氷川は季節ごとに家具を買い替える義母を知っていた。バカンスは最高級のホテルに宿泊する海外旅行だ。そういう家庭で生まれ育ったから仕方がないのかもしれない。

そのわりに氷川に充分な小遣いを与えることはなかった。諦《あきら》めていた実子の誕生で氷川に対する態度が豹変《ひょうへん》したためだが。

「うん」

「資金援助のために、どうあっても先生を見合い相手と結婚させたいらしい。見合い相手の腹はもう膨らんでいるのに」

「そうなのか」

「見合い相手の両親もテメエの娘の不始末に気づいている。腹の子供の父親がろくでもない男なんで、先生を騙《だま》して結婚させたいんだ」

氷川は甲斐《かい》甲斐《がい》しく料理や掃除をしてくれた名家の令嬢に心の底から同情してしまった。彼女は幸せな家庭を築くことが夢だと言っていたからだ。

「僕にはどうしてあげることもできない」

氷川は女性を愛することはできない。何より、今は思い出と霞《かす》むことなく心に刻まれていた清和とともに過ごしている。清和との生活で浮かれていたので、いきなり現実に引き戻されたような気がした。やはり、現実は甘くはない。

氷川が気に病んでいると、清和は冷たい口調で言った。

「何もする必要はない」

「まさか、病院が潰《つぶ》れるなんてことはないよね？」

氷川夫妻に引き取られていなかったらどうなっていたのか、氷川は想像するだけで気が重くなる。弱肉強食の施設の中で、容姿のせいもあっただろうが、氷川は上手《うま》く生きられなかった。学歴もない上に施設育ちでは、社会に出ても駄目だっただろう。今ある自分は氷川夫妻のおかげだ。

恩は感じているが、どうしても期待には添えない。でも、病院が倒産すると聞いたらいたたまれない。

「以前にもましてしっかりと製薬会社からリベートを取っている。病院以外の資産をすべて手放せば病院は大丈夫だろう。いつまで続くか知らないが」

「あ……」

「氷川家から何か言ってきたら、俺に回してくれ」

清和が平然と言ったので、氷川は目を見開いて訊き返した。

「……え？」

「俺が処理する」

一瞬、氷川はポーカーフェイスの清和が何を言ったのかわからなかった。意識的に恐ろしい言葉を排除していたのかもしれない。

「……処理、処理って？」

清和の口から出た『処理』という言葉を理解した瞬間、氷川は身体を竦《すく》ませた。

「何を想像しているのか知らないが、手荒なことはしない」

清和が軽く微笑んだので、氷川は自分を安心させるように頷いた。

「う、うん」

「氷川家に暴力団と関係していることを、知られるのがいやか？」

清和との甘い生活に舞い上がっているが、改めて言われてみると言葉に詰まってしまった。今まで氷川が一般的な市民として社会生活を営んできたからだろう。義父は地元の名士だし、氷川家は由緒ある家柄だ。立派な門構えの氷川家を初めて見た時、氷川は心から感動した。

「そ、それは……」

氷川は恩を感じている氷川夫妻に迷惑をかけたくはなかった。

「先生は俺の女房になったんだ。立場を知ってくれ」

いつもよりトーンを下げた清和の声が、不気味なくらい響いた。言うまでもなく、氷川は清和から逃げる気などまったくない。

「うん」

「興信所には眞鍋組のことを報告させた」

想定外の清和の言葉に、氷川は目を丸くした。

「……え？」

「養子には眞鍋組が控えているから、近寄らないほうが身のためだと、興信所からの調査結果で知ったはずだ」

清和は興信所の調査依頼を逆手に取って処理した。伊達《だて》に眞鍋組の組長代行を務めているわけではない。

氷川は二の句が継げなくて固まったが、清和が発した不穏な気配で我に返った。

「心血注いだ氷川総合病院に、散弾銃なんぞ撃ち込まれたくないとは思う」

氷川は散弾銃を持って氷川総合病院に乗り込む眞鍋組の団体が容易に想像できる。目を吊《つ》り上《あ》げて、可愛い男の名を呼んだ。

「清和くんっ」

氷川が知らないところで、いろいろなことが起こっている。そして、知らないうちに清和が陰で動いていた。清和に対して怒りはないが何か釈然としない。

「何か不満でも？」

不満など言わせない、という清和の横柄な態度に、氷川は当惑してしまった。

「あの……」

「俺は極道だ。極道の女房に手を出すならばそれなりの覚悟をしてもらわないと。俺に牙《きば》を剝《む》いたら、先生の実家でも容赦しない。俺はテメエの顔と名前を落とすわけにはいかない」

あくまで丁寧な口調だが、清和は凄《すさ》まじい迫力を漲《みなぎ》らせている。背後に阿修羅《あしゅら》を背負った清和に文句を言える者はいないだろう。だが、亭主だと主張する年下の若い男に、氷川のちょっとした悪戯心が動いた。

「女房っていうわりに、結婚指輪を貰《もら》ってないよ」

氷川は清和の目前に左の手の甲を突きつけた。

想像もしていなかったのか、清和は目を大きく見開いて言葉を失っている。氷川は左の薬指を曲げたり、伸ばしたりした。

「いっぱいお金はくれたけど」

氷川がわざとらしく拗《す》ねると、清和は重々しく口を開いた。

「今日にでも指輪を買いに行こう」

希望を適えようとする清和に、氷川は苦笑を漏らした。

「……ううん、これは意地悪、ごめんね。貰っても結婚指輪をして職場に行けないし。今日は荷物の整理があるから、清和くんも手伝ってね。……あ、食料も買い込まないと、こらへんにスーパーってないの？」

周囲をしらみつぶしに歩き回ったわけではないが、氷川が知る限り、辺りにスーパーマーケットは見当たらない。かといって、百貨店で食材や日用品を買う気にはなれなかった。

「スーパーで買うのか？」

清和は密かに動じているようだが、氷川はいっさい気にしなかった。

「うん、トイレットペーパーも寂しくなっているし、キッチンペーパーとサランラップも欲しいな。荷物持ちについてきてね」

顔で商売をしている清和が、トイレットペーパーを持って歩くのはどうだろう。

「…………」

「お米も買っておかないと、清和くん？」

眞鍋の金看板を背負っている清和が、米なんぞ持って歩くのはどうだろう。だが、清和は氷川の笑顔に負けた。

「わかった」

氷川が後片づけをしていると、清和はリキに連絡を取った。それから、清和は氷川を乗せて車を走らせた。陽射しがきついのか、清和はサングラスをしている。

「いつの間に免許なんか、三輪車にも乗れなかったのに」

氷川はハンドルを握る清和を初めて見た。サングラスまでかけているので知らない人間に思える。

「先生……」

「……あ、ごめん、買ってもらえなかったんだよね」

清和は学校に持っていく雑巾《ぞうきん》すら、実母に用意してもらえなかった。氷川は雑巾代わりに洗顔タオルを持参したことを知っている。

「車の免許は十八で取った」

「そう、僕が持っている免許は医師免許だけだ」

「立派な免許だ」

清和がハンドルを握る車は、都心から離れたショッピングモールで停《と》まった。晴天の日曜日とあって家族連れが多い。新しいスポットらしく、腕を組んで歩く若いカップルも目についた。

「清和くん、こっち」

氷川が店内で商品を選び、清和が押しているカートの中に入れた。

「清和くん、野菜嫌いだっけ？」

氷川が用意した食事に清和はいっさい文句をつけないが、好き嫌いはすでに把握している。

「あぁ」

清和は野菜嫌いを肯定したが、氷川は聞き入れるつもりはなかった。

「でも、食べようね」

「…………」

清和は白いシャツと黒いズボンというラフな姿だが、どう見ても普通の若者には見えない。チンピラやゴロツキにも見えないが、単なる若い二枚目ではないので、休日のホストが一番近いかもしれない。

氷川はジーンズを穿《は》いていてもインテリのムードが漂っているので、本当に異質な二人であった。二人の間には甘い空気が流れているが、誰もそういう関係だと気づかないだろう。

ここは眞鍋組の権力が届く場所ではない。リキは妙な組み合わせの清和と氷川を少し離れたところからガードしていた。ちなみに、迫力のあるリキは滑稽《こっけい》なくらい周囲から浮いていた。

「ジャガイモが安い。キュウリも安い。……あ、ほうれん草も」

氷川は格安の野菜を見つけて、歓喜の声を上げた。脳裏に野菜を使ったレシピが浮かぶ。

「先生、時間があるのか？」

氷川の朝はとても早いし、夜は途方もなく遅い。おまけに、当直まである。見かけよりずっとタフな氷川は器用にこなしているが、清和は心配しているようだ。

「一人で暮らしていた頃は忙しくてあまり自炊しなかったけど、清和くんもいるからね、家で作ったものを食べたほうが身体にはいいんだよ」

清和が氷川の身体を気にするように、氷川も清和の身体を思いやっている。氷川は清和の健康を第一に掲げた。

「お米も買って、これで忘れ物はないかな」

清和は両手に荷物を持って、氷川の後ろを素直に続いた。

男と女ならば洗剤のコマーシャルに出てくる若い夫婦に、見えないこともないかもしれない。

氷川は全開の笑顔を清和に向けていた。清和が隣にいるだけで心が弾み、楽しくてたまらない。辺りの景色も輝いていた。

買い物から帰ると、部屋の中の片づけをする。清和は黙々と氷川の言う通りに動いた。

「清和くん、やっぱ力持ち」

清和が重い荷物を軽々と持ち上げると、氷川は称《たた》えるように拍手をした。

「これはどこに？」

「クローゼットの中に入れよっか」

久しぶりの休日は家庭内労働に費やされたが、氷川に疲労の色はなかった。重労働をしたのが清和だったからだ。

氷川はフローリングの床で胡座《あぐら》をかいている清和に抱きついた。

「本当にいい子」

自分より縦も横もはるかに大きい清和の頭を『いい子、いい子』とばかりに何度も撫でる。清和は口を噤《つぐ》み、微動だにしない。

「可愛い」

二人きりでいると清和に極道の影を感じない。可愛い子供にしか思えないので、つい抱き締めて、頬擦りをしてしまう。

「あんまりくっつくと……」

氷川は雄々しく成長した清和の葛藤《かっとう》などに気づいてはいない。

「暑い？」

「そうじゃない」

清和が言い淀んだので、氷川は甘ったるい目で覗き込んだ。

「ん？　どうしたの？」

諒兄ちゃんに言ってごらん、と氷川は慈愛に満ちた顔で続けた。よしよし、と清和の頭を撫でる。

「……俺の忍耐にも限度がある」

「……え？　何を我慢しているの？　あぁ……」

照れているのか、清和は仏頂面《ぶっちょうづら》で氷川から視線を逸らした。意外なくらい清和は純情で照れ屋だ。

「いいけど」

清和が大人になったことは、その身で知っている。氷川に拒むつもりは毛頭ない。

「いいのか？」

一呼吸置いた清和が確認するように尋ねてきたので、氷川はほんのりと目元を染めて答えた。

「うん」

「疲れているんじゃないのか？」

氷川は自分から清和の首に腕を巻きつけて、引き締まった唇にキスを落とす。どうしても氷川の身体に負担がかかる行為なので、自重している清和を知っていた。

「いいよ」

氷川が承諾しても、清和はまだ二の足を踏んでいる。

「ベッドに行こう……あ、その前にシャワーを浴びたほうがいいのかな」

氷川が腰を浮かせかけると、清和の腕が伸びてきた。そのまま抱き上げられて、氷川はベッドルームに運ばれる。

氷川と清和はキングサイズのベッドで重なり合った。ブラインドが下ろされたベッドルームには甘い空気が流れる。清和の唇を首筋に感じて、氷川は身体を震わせた。身につけていた白いシャツは、ベッドの下に落とされている。

「あっ……んっ……」

胸の突起を唇に含まれて、氷川の息が上がった。でも、自分の薄い胸元にある清和の頭を引き剝《ひは》がすことはしない。サラリとした清和の髪の毛を軽く梳《す》いてやる。

「清和くん……」

剝きだしになった下半身に清和の顔が埋められたので、氷川は慌てて細い腰を捻《ひね》って拒んだ。

「……んっ、そういうのはいいからっ」

氷川は羞恥心《しゅうちしん》とともに罪悪感が込み上げてくる。

「俺、下手か？」

「そ、そうじゃなくって、そういうのはいいの、いいから」

氷川は清和の顔を自分の股間から引き上げる。赤く染まった氷川の顔を見た清和は、オスの顔をしていた。

「だからね、清和くん……その……」

清和と一緒に暮らしていても、未《いま》だ数えるほどしか身体を重ねていなかった。甘くて熱い愛撫《あいぶ》に慣れていない。

「いやなのか？」

「いやじゃないよ。あのね、だから、もうおいで……」

氷川はサイドテーブルの引き出しの中にある潤滑剤を取りだすと、清和の股間に視線を流した。氷川は裸身を晒しているというのに、清和の着衣に乱れはない。

「清和くん……」

氷川は清和が身に着けていたシャツを脱がせた。逞《たくま》しい背中に彫られている極彩色の昇《のぼ》り龍《りゅう》を手で撫でる。そして、ベルトを引き抜き、ジッパーを下ろす。取りだした清和の男根はすでに大きかった。

清和は氷川の行動に異議を唱えない。されるがままになっている。

「うわっ」

手の中にある清和の男根の重量が増したので、氷川は思わず声を上げてしまった。

「………………」

「うん……元気……清和くん、元気だね」

氷川は十代の清和の若さに触れたような気がする。

「………………」

氷川は清和の男根に潤滑剤をたっぷり垂らした。でも、これだけで雄々しい清和を受け入れるのは難しい。明日のことを考えればなおさらだ。

「目を閉じて」

氷川が上ずった声で言うと、清和は見る者に恐怖を与える目を閉じた。可愛い男の閉じた目を見つめながら、氷川は己の秘部に潤滑剤を塗った。どうしたって、湿った音が辺りに響く。清和の耳を塞《ふさ》げないのが気がかりだが仕方がない。

「清和くん、いいよ」

氷川は仰向けに寝て、清和に声をかけた。

「………………」

「おいで」

氷川はすんなりとした足を開いて清和を招く。

二人の甘くて熱い時間はこれからだ。

8

翌日の朝、氷川《ひかわ》はいつもと同じようにショウがハンドルを握る車で病院に向かう。せわしない仕事を終えると、ショウが運転する車で帰る。以前のように車とバスを乗り継がなくてもいいので楽だった。充分、家事をする時間に当てられる。

ショウは交差点の信号待ちで声をかけてきた。

「代行は本家に行っているので、今夜は遅くなるかもしれません」

「そう」

夕方から降りだした雨は、時間がたつにつれ激しさを増していた。

眞鍋組《まなべぐみ》が君臨する不夜城に近づいた時、氷川は激しい雨の中を歩くホームレスを見つけた。ワカメのような髪の毛は腰まであり、身に着けている衣服はズタボロだ。前屈《まえかが》みでとぼとぼ歩いたと思うとゴミ箱を漁っていた。

「ショウくん、停《と》めて」

氷川は車窓に手を当てたまま、運転席にいるショウに声をかけた。

「先生？」

ショウは氷川の言葉に従って車を停めたが、怪訝《けげん》な顔をしている。

「申請をしたら生活保護が受けられるかもしれない。こんな雨の中を歩いていたら風邪をひく……ううん、風邪をこじらせて肺炎になってしまう。結核にでもなったら……」

肺炎のほかにもさまざまな病名が、氷川の脳にはインプットされている。氷川はホームレスに同情したが、ショウは険しい顔つきで吐き捨てるように言った。

「先生、ああいう手合いに同情していちゃキリがない。どこにでもいるでしょう」

「たまに救急で運ばれてくるけど」

氷川家に引き取られなかったら、あれは自分の姿だったかもしれない。そんな思いが氷川にはある。

「行きますよ」

ショウは一声かけてから、アクセルを踏んだ。すでにびしょ濡《ぬ》れのホームレスの姿は見えない。

「ショウくん」

氷川が非難の目を向けると、ショウは忌々《いまいま》しそうに舌打ちをした。

「あいつに先生が同情する必要はありません」

ショウの口ぶりから旧知の仲であることを知り、氷川は身を乗りだして尋ねた。

「知っているの？」

「若いって代行をナメてかかった奴ですから当然の罰です」

ショウの顔つきは険しく、語気はとても荒い。

「……え？　罰？」

氷川がまったく理解できなくてきょとんとすると、ショウは憤懣《ふんまん》やるかたないと言った風情《ふぜい》で語った。

「以前は不動産屋の社長だったけど、ヤクザよりもタチの悪い奴で、一時は組の維持が危なくなりました。代行までハメようとして……ああ、思いだすだけで腹が立つ。ブっ殺したい……まぁ、あの姿を見たら許してやろうと思えますけどね」

車内はショウが発した怒気で充満した。

「あの、その、どうして社長があんな姿に……ま、まさか、清和《せいわ》くんがあそこまで追い込んだの？」

可愛《かわい》い清和に限ってそんなことはないと思いつつも、氷川は恐ろしい想像が拭《ぬぐ》いされない。氷川が真っ青な顔で尋ねると、ショウはあっさりと答えた。

「命は助けました。物乞《ものご》いで稼いだ金を組に納めさせています」

清和は素人《しろうと》でも牙《きば》を剝《む》いたら容赦しない。眞鍋の昇《のぼ》り龍《りゅう》と恐れられている所以《ゆえん》だ。知らなかった清和の一面を知り、氷川は真っ青な顔で息を吞《の》む。

「そんな……」

「一歩間違えば、代行が追われていたかもしれません」

ショウの言葉通り、ゴミ箱を漁るのは不動産会社の社長ではなく、氷川の大切な清和だったかもしれない。でも、氷川にしてみればそれでいい。いや、それがよかった。

「清和くんは追われてもいい。僕が保護者になって養うから」

「あのっ、あのですね」

ショウの顔が思い切り歪《ゆが》んだが、氷川は瞬《まばた》きを繰り返すだけだ。

「うん？」

「ま、その、先生ですね」

ショウは苦笑を漏らすと、前屈みになってハンドルを握った。彼は氷川がどれだけ清和を大事に思っているか今ではよく知っている。

「……ん？」

どしゃぶりの雨の中、氷川を乗せた黒塗りのベンツは眞鍋第三ビルの地下にある駐車場についた。

「お疲れ様でした」

氷川のためにドアを開けるのもショウの仕事だ。

「ありがとう」

駐車場にあるエレベーターに向かった途端、右腕を包帯で吊《つ》っている傷だらけの大男が氷川に近づいてきた。

「姐《あね》さんですね？　眞鍋興業でお会いしました」

氷川が返事をする前に、ショウが傷だらけの大男に反応した。

「庄司《しょうじ》のアニキ、まだいたんスか？　早くどこかに飛んでくれよ」

ショウに庄司と呼ばれた大男の顔は半分以上、陥没していた。鼻の骨も折れていると、氷川は瞬時に判断する。

「ショウ、お前に話があるんじゃない、俺は姐さんに話があるんだ」

庄司は氷川の真正面に立ちたがったが、ショウが険しい面持ちで阻《はば》んだ。庇《かば》うように氷川の目前に立つ。

「組のことを何も知らない姐さんになんの話だ？」

ショウはかつての兄貴分に対する礼儀を捨てた。庄司は美味《おい》しい中華料理を囲んだ週末、ご法度《はっと》の覚醒剤《かくせいざい》に手を出して破門された眞鍋組の元構成員だ。氷川の前に現れるなど、ろくなことを考えていないだろう。手負いの獣は何をするかわからない。

「もう一度チャンスが欲しい。上納金を納める苦しさはお前も知っているだろう。破門なんてひどいじゃないか」

庄司は同情を引こうとしたが、ショウはいっさい取り合わなかった。

「ご法度に手を出した落とし前だ。指も詰めずに破門なんて寛大な処置だろうっ」

「何が寛大だ。指のほうがまだマシだ」

庄司は眞鍋の男として甘い汁を吸ってきたので、破門は何よりも辛い処置だった。すべてを捨てて地方に落ちるなど、到底我慢できない。

氷川はショウの頼もしい背中の後ろから、往生際の悪い庄司を眺めていた。

「アニキ、早く飛んでくれっ」

ショウは庄司への気持ちを振り切るように大声で叫んだ。しかし、庄司に弟分の気持ちは届かない。庄司はショウの背に匿われている氷川に、縋《すが》りつくような視線を向けた。

「姐さん、代行にとりなしてもらえませんか。お願いします」

ショウは氷川に言葉を挟ませなかった。

「禁止されているシャブの密売で私腹を肥やしたんだ。商品までシャブ漬けにしやがって、もうチャンスはない」

ショウの言葉を理解した瞬間、氷川は恐怖で身体《からだ》が震えた。ヤクザの恐ろしさを垣間見《かいまみ》たような気がする。

「お前に言っているんじゃねえっ、俺は姐さんに話をしているんだっ」

「姐さんを人質にして代行を脅すつもりかっ。代行の恐ろしさは知っているだろう。せっかく助けてもらった命をドブに捨てるなっ」

ショウは清和に見込まれ、氷川を任せられているので、最悪のパターンも予想していたようだ。けれども、氷川は庄司の意図に気づかなかった。今さらながらに危機感が募る。

「ショウ、それでも俺の弟分か？」

「そんな頭の悪いアニキを持った覚えはない。殺されないうちにさっさと飛べっ」

「この野郎っ」

　庄司が左手で拳銃《けんじゅう》を抜くよりも早く、険しい顔つきのショウは動いた。固く握ったショウの拳《こぶし》が、庄司の鳩尾《みぞおち》に入る。傷だらけの巨体がコンクリートの上に倒れた。

　一瞬の出来事に氷川は呆然《ぼうぜん》とするものの、目前に倒れているケガ人を見れば取るべき態度は決まっている。

「あ、あの、傷の手当てでも」

　氷川が取ろうとした行動に気づくと、ショウは鬼のような形相で怒鳴った。

「何を言っているんですか。こいつの魂胆《こんたん》はわかっています。先生を利用するつもりなんですよっ」

　氷川に対する日頃の礼儀をかなぐり捨て、ショウは固い壁を殴った。キリリリっ、と歯《は》軋《ぎし》りまでする。

「あ……」

「優しいのは知ってるけど、勘弁してくれよぅ」

　つい先ほどまで怒髪天《どはってん》を衝《つ》いていたが、ショウは泣きそうな顔でがっくりと肩を落とした。彼は喜怒哀楽が激しい。

「……うん、その、僕は医者だからね」

「……あ〜っ、ま、それはもう終わり」

ショウはエレベーターの上方にある監視カメラに向かって叫ぼうとしたが、異変に気づいた組員たちが非常口からわらわらとやってきた。

「庄司が転がっている」

ショウが腹立たしそうに言うと、眞鍋第三ビルに詰めていた組員たちは詫《わ》びた。

「気づかなくてすまん」

眞鍋組の内情を知っている庄司が、死角をついてビルに忍び込んだ。セキュリティシステムにも巧妙な細工をしていたらしい。

「……さ、先生、行きましょう」

ショウに促されて、氷川はエレベーターに乗り込んだ。鈍い音を立てながら、二人を乗せたエレベーターは最上階に上がる。

「あ、あの人、庄司さんはどうなるの？」

氷川が掠《かす》れた声で尋ねると、ショウは首を左右に振った。

「先生が気にする必要はありません」

「まさか、あの……殺したりはしないよね」

庄司のしたことは決して許されないが、東京湾に沈めてもいいというものではない。氷川には一抹の不安が付《つ》き纏《まと》っていた。

「破門した後ですから、それはないと思いますよ」

「そ、そう」

「俺がついていながら、怖い思いをさせてすみません」

ショウが申し訳なさそうな顔で一礼したので、氷川は柔らかな微笑を浮かべた。

「ん？　……ま、そんなに気が弱いわけじゃないから」

弱々しい男だったら、医者の世界では生きていけない。この場にもいないだろう。

「優しさは命取りになります」

ショウは恐ろしいぐらい真摯《しんし》な目で氷川を貫いた。

「そうなの？」

「はい」

エレベーターは最上階で止まった。清和のプライベートフロアはいつもと同じように静まり返っている。

「代行に連絡を取ります。きっと、早めに帰ってきてくれますよ」

ショウの優しい気遣いに、氷川は花が咲いたように微笑《ほほえ》んだ。

「ショウくん、ありがとう」

「今日はすみませんでした」

ショウが深々とお辞儀をするので、氷川は面食《めんく》らってしまった。彼を詰る気は微塵《みじん》もない。

「ショウくんが悪いわけじゃない。お疲れ様でした」

一人になると、どっと疲れが出る。やはり、極道の世界は底が知れない。何もする気がなくて、氷川はぼんやりとソファに座っていた。

どれくらいたっただろうか、ネクタイを緩めていると、インターホンが鳴り響く。この時間帯だと、清和ならばインターホンは鳴らさないはずだ。

「どちら様ですか?」

氷川がインターホン越しに応対すると、聞き覚えのある声が聞こえてきた。

『京子《きょうこ》よ、開けてくれない?』

京子とは清和の恋人だと宣言した若い女性だ。氷川は動揺しつつ、清和の留守を口にした。

「あの、申し訳ないのですが、清和くんはまだ帰っていません」

『清和さんと別れる決心はついたわ。あなたに話があるだけ』

「わかりました」

氷川はこのような立場になった経験がないので、なんの警戒心も抱かずに京子を招き入れた。

京友禅《きょうゆうぜん》を着こなしている京子が現れると、一瞬にしてその場が華やぐ。香水だろうか、京子からは官能的な甘い香りがした。

「あら、この部屋もだいぶ変わったわね。前は何もなかったのに」

生活の匂《にお》いが漂っている部屋に、京子はくっきりとした二重瞼《ふたえまぶた》を歪ませている。嫉妬《しっと》心《しん》からだ。

「お茶でも飲みますか？」

氷川は京子のために茶を淹《い》れた。

「ありがとう」

革張りのソファに座ると、京子はメンソールの煙草《たばこ》に火をつけた。氷川が淹れた茶に手を伸ばそうとはしない。

「清和さんはあなたのせいでいい笑い者よ」

一瞬、氷川は京子に何を言われているのか、まったく理解できなかった。

「……え？」

京子が吐きだす煙草の煙が、氷川の細面を直撃する。もちろん、彼女は狙《ねら》っているのだ。

氷川は軽く咳《せ》き込《こ》んだが、文句は言わなかった。

「顔で商売をする眞鍋組の組長代行がカッパなんてねぇ。今の清和さんはゴロツキにまで馬鹿《ばか》にされているわ。眞鍋の昇り龍も落ちたものよね」

「……清和くんが馬鹿に？」

「そのうち商売も駄目になる。落ちた清和さんに興味はないわ。別れてあげる。でも、姐さん？」

姐さんが誰を差しているのか、氷川にも辛《かろ》うじて理解できたので掠れた声で返事をした。

「は、はい？」

「姐さんとして扱われているあなたには、落とし前をつけてもらう。私は本家の姐さんの親戚《しんせき》なの。私の母と従姉妹《いとこ》なのよ。わかるわね？　眞鍋組の次期姐として清和さんと付き合っていた私を追いだしたんだもの、それなりのことはしてちょうだい」

氷川にしてみれば、京子を追いだしたつもりはない。だが、京子に断言されると反論できなかった。

「それなりのことって？」

「指を詰めて詫びて」

氷川は一般市民として生きてきたので、想像を絶する申し出に仰天した。

「……ゆ、指？」

「それが極道のしきたりよ」

京子は傲慢《ごうまん》な態度で氷川を見つめた。

「指、って……」

極道が指を詰めることは、氷川も知っている。自分が清和の嫁になったということも理解してはいた。

「私に恥をかかせたということは、本家の姐さんの顔にも泥を塗ったということよ。指一本では許してやらない。私と本家の姐さん用に指を二本詰めて、それで許してあげる」

氷川は揃《そろ》っている自分の指を、じっと眺めてしまった。どれか一本欠けても、仕事に支障をきたすだろう。おいそれと頷《うなず》くことはできない。

氷川が言葉に詰まっていると、京子は嫌みっぽく言った。

「お医者さんだったわね。指がなくなったらお仕事ができない？　清和さんに囲われているからもうお仕事はいいでしょう」

「清和くんがお金に困っても、僕はソープに身を沈めることができないから仕事は辞めません」

極道の女房は旦那《だんな》が金に困るとソープに身を沈めるという。氷川は医師免許で金を稼ぐしか術《すべ》はない。

「わかったわ。ならば、お金でカタをつけていいわ」

「お金？」

「慰謝料ではなく、化粧代としていただくわ、金額は十億」

京子が提示した桁外《けたはず》れの金額に、氷川の顎《あご》が外れそうになった。

「十、十、十億？」

「指二本でもいいけど？」

「十億って、ローンを組んでも渡せるかどうか」

僻地《へきち》の病院で必死になって働いても、そんな大金は稼げないだろう。第一、氷川に十億も貸してくれる金融機関はないはずだ。

「何を寝ぼけたこと言っているの。一括でちょうだい」

氷川に対する京子の口調や態度には容赦がない。

「あの、その……」

「お金、用意できないの？」

「無理です、そんな」

指二本か、十億か、と詰め寄られても今の氷川には選べない。十億は逆立ちをしても無理だ。外科医ではないから指が二本なくてもまだやっていけるか、いや、無理だ、指は五本必要だ、必要だからこそ五本あるのだ、と氷川の思いはグルグル回る。

「どうするの？　このケリはあなたがつけるべきよ」

「あの、一月《ひとつき》十万円の支払いで」

パチパチパチパチ、と氷川は頭の中で算盤《そろばん》を弾いた。

「だから、ふざけないで。養育費や生活費じゃないのよ、落とし前なのよ」

京子は茶が注がれた茶碗《ちゃわん》を氷川目がけて投げた。いや、氷川の顔や身体に茶碗が当たらないように、上手く逸らしている。茶碗は白い壁に当たったが割れず、フローリングの床に落ちた。

荒々しい京子にも不可解な極道の世界にも、氷川は戸惑うしかない。

「お、落とし前ですか……」

氷川にはなんら解決策が見出せない。

「仕方がないわね」

京子は煙草を灰皿に押しつけると、クロコダイルのハンドバッグの中から、可愛いキャラクターのストラップがついている携帯電話を取りだした。

和服のせいで落ち着いて見えるが、京子は二十歳《はたち》だ。彼女が見た目よりずっと若いことに氷川も気づく。

「もしもし……ドームの京子です。十億貸してください。眞鍋第三ビルの最上階でお待ちしています。借り手は氷川センセイ、身元は確かよ」

氷川はドームという名前に覚えがあった。大通りにある眞鍋興業資本の高級クラブだ。

「あの、ドームの京子さん？」

「ええ、ドームの京子よ」

「行ったことがあります」

氷川はクラブ・ドームには接待で連れていかれたことがある。さまざまなタイプの美女がいたが、華やかな京子の美貌《びぼう》に記憶はない。もっとも、少し歳《とし》のいった粋《いき》なママの顔ぐらいしか覚えていないのだが。

「うちの店はよくお医者さんの接待に使われているわ」

「ホステスさんなんですか？」

本家の姐の親戚筋にあたる娘がどうしてホステスをしているのか、そんな疑問が氷川には浮かぶ。

「ええ、極道の女は水商売か風俗よ。医者なんて聞いたことないわ」

京子は柳眉《りゅうび》を吊り上げてきっぱりと言った。氷川も極道の妻の職業についてそれらしいことを聞いた覚えはある。

「……あの、十億を貸してって？」

「先生が私と本家の姐さんに落とし前をつける。それだけよ」

京子が吐き捨てるように言った時、インターホンが鳴り響いた。

「来たわ、開けてちょうだい」

「……え？」

「早く」

氷川は京子に急かされるまま玄関を開けた。

「お待たせしました、藤堂《とうどう》と申します」

藤堂と名乗った長身の若い男は、真っ白なスーツを着ていた。甘い顔立ちをした美男子なので極道には見えない。

「あの……藤堂さん？」

藤堂はどこか芝居がかった態度でお辞儀をした。

「入ってよろしいですか？」

京子が呼んだ客を、氷川が追い返すわけにはいかない。

「……はぁ」

呼びつけた藤堂を見た京子は、ソファからゆっくりと立ち上がった。

「センセイ、十億いただくわよ。藤堂さんにちゃんと返してね」

「あの、京子さん？」

氷川は事態が把握できずに、京子に向かって手を伸ばしながら尋ねた。

「センセイ、十億作る当てがあるの？　ないんでしょう？　藤堂さんだったら、無担保で貸してくれるわ」

京子は華やかな美貌が醜く歪むほど、氷川をきつく睨《にら》みつけた。氷川は京子から視線を逸らす。

「サラ金の人ですか?」

氷川は甘い顔立ちをした藤堂に尋ねた。

「金貸しです。京子さんのお口添えですので、十億揃えさせていただきました」

「あの、利息は?」

氷川がいくら世間に疎《うと》くても、金を借りたら利息がつくのは知っている。

「五一《ごいち》です」

藤堂は外見に相応《ふさわ》しい声で利息を言ったが、氷川は理解できなかった。

「ゴイチ?」

「保証人と担保は結構です。その代わりに五日で一割いただくことになるんですが」

五日に一割という法定外の利息に、氷川は度肝を抜かれた。頭の中に天文学的な数字が躍る。

「あの、藤堂さん、その……」

藤堂は口元を緩めつつ、氷川の細面を覗《のぞ》き込《こ》んだ。銀縁の眼鏡《めがね》を外した氷川の美貌を想像しているようだ。

「綺麗《きれい》なお兄さん、サインしていただけますか?」

藤堂が差しだした書類にサインをした結末は、世間知らずの氷川にも予想できた。借金が払えずに臓器を売る話は、橘高《きったか》ローンでも直《じか》に聞いている。それこそ、藤堂の下で違法な執刀に駆りだされるかもしれない。

「貸してもらっても、僕は払えそうにありません」

「踏み倒されては困ります。たとえどこに逃げても回収させていただきますよ」

藤堂が優しい微笑を浮かべると、京子が高飛車《たかびしゃ》に言い放った。

「センセイ、十億で許してやるって言っているの。いい加減にしてよね」

「わかった。京子さん、明日、もう一度うちに来て」

明日という氷川の言葉に、京子はビクついている。清和が出てこないうちに、カタをつけたいからだろう。

「え？　明日？　私は忙しいの、今日にして」

氷川は指を詰める覚悟を決めた。

「指を二本詰めます」

氷川が真っ青な顔で自分の指を眺めると、京子は冷たく言い放った。

「詰めるなら今よ、さぁ……」

「明日、病院からメスを持ってきます。麻酔も必要ですから」

氷川はどこまでも真剣だったが、京子は美貌を激しく歪ませた。

「ふざけないでって、言っているでしょう」

どうして京子が怒るのか、氷川には理解できないが、必死になって誠意を示そうとした。

「僕は真面目《まじめ》です」

「こっちには女の意地とメンツがかかっているの。包丁でいいでしょう、指を詰めるなら今ここで、包丁はどこ？」

京子にしてみれば、指でも金でもよかった。どちらにせよ、氷川を泣かせないと気がすまないのだ。京子の切なくも苛烈《かれつ》な女心に、氷川は翻弄《ほんろう》されるばかりだ。

「包丁で？　そんな」

氷川の脳裏には野戦病院が浮かんだが、すぐに京子の声で現実に引き戻される。

「まな板の上に指を置くのよっ」

「消毒をしないと」

「だからっ、ふざけるのもいい加減にしてっ」

京子のヒステリックな声の後に、地を這《は》うような低い声が響き渡った。

「ふざけているのは、そっちじゃないのか？」

振り向くと、餓狼《がろう》のような目の清和が、迫力のあるリキを従えて立っていた。

氷川は周りが見えていなかったので、突然現れた清和にびっくりした。興奮していた京子も同じらしく、清和の帰宅に驚いているようだ。

清和は言葉を失っている京子の正面に立つと、真上から侮蔑《ぶべつ》するように見下ろした。すぐに、リキが守るように氷川を背中に庇う。鋭いリキの視線は、京子ではなく藤堂へ向けられていた。

藤堂はリキに軽い会釈を投げている。

「京子、話はついたはずだが」

清和が静かに凄《すご》むと、京子は般若《はんにゃ》のような顔で罵《ののし》った。

「納得できないって、使いっパシリに伝えたけど？　週三回、気が遠くなるほど長い時間、私を抱いた料金が二億なんてふざけないでよ」

京子への手切れ金として、清和はすでに二億という大金を支払っている。使者に立ったのはショウだ。

「十億でいいんだな？」

清和の背後には灼熱《しゃくねつ》の阿修羅《あしゅら》が見える。腸《はらわた》が煮えくり返っているようだが、かつての女の顔を立てた。京子のような手合いは、金で黙らせるしかないのだ。

「今、払えるの？」

「あぁ」

清和と京子の間には冷たい火花が散った。

「なら、いいわ、十億で。どうせ眞鍋の名前は地に落ちるもの。あんたんところの若い衆、仕事にならないって困っているわよ。組長代行がシャバでアンコのケツを掘っているんだもの、若い衆も掘られてるんじゃないかってね。あんたにそんな趣味があるなんて知らなかったけど？　今じゃ、あんたは格好の笑い者よ、眞鍋のカッパってね」

懲役用語では、アンコの反対である男役をカッパという。

京子は下品な正体を現したが、清和は一言も言い返さない。相手にするだけ無駄だと悟っているのだ。清和は微笑を浮かべている藤堂に言葉を向けた。

「藤堂組長、京子に十億渡してやれ」

藤堂は橘高と兄弟盃《さかずき》を交わしている極道で、藤堂組の看板を背負っている組長だ。身長は百八十を超えているが、藤堂の顔立ちもムードも甘い。暴力団に名を連ねる男には見えないが、性根はヤクザで背中には般若を背負っている。小汚さでは有名だ。

「申し訳ないのですが、眞鍋の組長代行でも五一の利息をいただきますよ」

スキがなかった清和にウィークポイントができたと、藤堂が喜んでいるのは明らかだ。

「構わない。ただ、契約書にサインはしない」

清和は滅多に感情を顔に出さないが、藤堂に対する嫌悪感《けんおかん》は隠そうともしなかった。

「信じております。自分も橘高のカシラと盃を交わしていますから」

「そのお前がどうして京子の話に乗る」

「二十四時間営業の金貸しの辛いところですね。呼ばれたらどこにでも行きます」

藤堂がニヤリと笑ったので、清和は凄《すさ》まじい迫力を漲《みなぎ》らせて凄んだ。

「藤堂組長、二度とふざけた真似をしたら承知しない」

氷川は話の展開についていけなくて、リキの後ろで呆然としていた。

「京子さん、これでよろしいですか」

藤堂は京子の承諾を取った後、薄ら寒いほど優しい猫なで声で、清和に貸しを作ろうとした。

「組長代行、それでは、四日までなら利子は結構ですよ」

四日あれば金は用意できるかもしれない。だが、清和の自尊心が藤堂の申し出を拒む。

「利子を稼がせてやる。五日後に来い」

「五一ですよ？」

五日後には一割の利子がついている。藤堂は驚愕《きょうがく》で目を細めると、重ねて清和に確認した。

「構わない」

藤堂と京子、招かれざる客は悠々と帰っていった。

「異常ありません」

内部を調査したリキは、一礼すると出ていく。

氷川は最初から最後まで話の展開についていけなくて、命のない人形のように呆然としたままだ。

清和の大きな手によって、氷川は革張りのソファに座らされる。

「知らないおじちゃんについていっちゃいけない、と子供の俺に教えてくれたのは誰ですか？」

清和が滅多に語らない過去を自分から口にしたので、ようやく氷川は我に返った。

「清和くん……」

「お菓子に釣られちゃ駄目だよと、何度も言われた覚えがあります」

清和はいつもと同じ調子で皮肉を言うので、氷川はその場にじっとしていられなくなってしまった。

「……う」

「知らない人をうちに入れても駄目だと、諒兄《りょう》ちゃんは言いましたね」

日中、どんなに乞《こ》うても昔のように『諒兄ちゃん』と呼んではくれなかった。それなのに、清和は昔の呼び名を口にする。清和流の嫌みだと、氷川にもよくわかっていた。ストレートに詰られたほうが気分的に楽かもしれない。

「あ、あのね」

清和はフローリングの床で転がっている茶碗や辺りに飛び散っている茶飛沫《ちゃしぶき》に視線を止めた。氷川が説明しなくても、何があったのか、清和は瞬時に悟ったようだ。

「その諒兄ちゃんが何をしている？　俺はあいつを紹介した覚えはない」

嫌みな前置きが終わった後、清和は静かに怒りを爆発させた。もっとも、氷川に怒鳴ったりはしない。

「僕もよくわからない、何がなんだか……」

氷川が正直な気持ちを告げると、清和は凜々《りり》しい眉《まゆ》を顰《ひそ》めた。

「京子に金を用意しろと言われたんだろう。俺の金を当てにしなかったのか？」

「……え？」

清和から金を引きだすことなど思いもしなかったので、氷川はきょとんとしてしまった。

「……そういう人だよな。俺が来るのが遅かったら、指を詰めたのか？」

清和は氷川の白い手を優しく握った。

「そうするしかないだろう。麻酔と消毒なしには参るけどね」

「何があっても、先生が指を詰める必要はない。これからは何があっても俺に回してくれ。なんのために俺がいる？」

痛いほど真摯な清和に見つめられて、氷川はいたたまれなくなってしまった。

「うん、って、その……」

「ショウから聞いただろう？　京子とは話がついている」

京子が今でも清和に未練があるのは、氷川にもよくわかった。彼女と同じように清和を愛しているからだろう。

「終わってなかったじゃない」

清和を見つめる氷川の目には自然と嫉妬が混じった。妬《や》いていないつもりでも、きっちりと妬いているようだ。

「二億でカタがつくと思った俺が甘かった。それだけだ」

京子は指や金を要求したが、氷川に清和との別れは求めなかった。気位の高い京子の意地かもしれない。

清和と別れるように迫られても、氷川は受け入れられなかっただろう。別れを求められていたら、迷わずに指を詰めていたかもしれない。

「清和くん、僕とのことで清和くんは笑われているの？」

「どうってことないんだが、京子が騒いだらしいな」

清和の手がついた途端、京子のファッションは膝上《ひざうえ》十センチ以上のミニからしっとりとした和服へ変わったという。京子のいじらしい女心だ。

「京子さん、僕のせいで別れたの？」

「俺はもう先生しか抱かない」

妻子持ちの医者が、独身と偽って愛人を作っている。氷川は女癖が悪い医者を知っているので、清和の気持ちが痛いほど嬉《うれ》しい。

「でも、京子さんは本家の姐さんの親戚なんでしょう」

京子の一言一句、氷川の耳にこびりついて離れない。

「俺の女房は俺が決める。本家の姐さんもこれで納得していた」

本家の姐である組長夫人も一時は期待していたようだが、何事も清和の意見を尊重してくれるそうだ。

「京子さんに迫られたの？」

「俺が手をつけた」

京子と清和の関係のきっかけに、氷川は楚々《そそ》とした美貌を歪めた。

「清和くんが手をつけたの？」

「俺も男だから」

清和に悪びれた様子はないので、氷川は憎たらしくなってくる。いつの間にか大きくなっていた可愛い坊やの上着を摑《つか》んだ。

「週三日も、その……してたの？」

「そんなところはちゃんと聞いているんだな」

表情は変わらないが、清和は呆《あき》れているようだ。氷川は言葉で確かめなくても、清和の気持ちなら手に取るようにわかる。

「だって、僕には週三日もしてくれないじゃん」

次から次へと起こった奇想天外な出来事に、氷川の神経はどこか麻痺《まひ》していたのかもしれない。密かに抱いていた想《おも》いが口に出る。

「誰の身体を気遣っているんだ？」

週に三日もしてもいいのか、と清和が非難がましい視線を向けるので、氷川は大きく頷いた。

「うん」

「それでなくても細いのに知らねぇぞ」

同じ性を持つ男とは思えないほど、清和と氷川の身体つきは違った。だが、今の氷川に清和の懸念は届かない。

「太っているほうが好き？　でも、京子さんも太っていないよね」

「そんなことは言っていない」

「僕を大事にしてくれているんだね」

氷川が清和の気持ちを口にすると、年下の彼は軽く頷いた。

清和は社会のクズと罵られるヤクザとは思えないほど紳士だったし、何事も大切に扱ってくれる。氷川も清和の気持ちはわかっている。わかってはいるのだが、京子の出現で燻《くすぶ》っていた想いが燃え上がった。氷川自身、自分の気持ちを持て余している。コントロールできないというより、コントロールする気もない。

「うん、僕も清和くんがとても大事、一番大事……でも、僕がそばにいると清和くんが馬鹿にされるんでしょう。それより、十億もできるの？　僕、僻地の病院で働こうか」

「俺をナメないでくれ」

眞鍋の清和は地に落ちた、と京子は口汚く罵ったが、私生活が仕事に支障をきたすことはない。現に、今でも清和の名前は通っている。だからこそ、京子は清和の留守を見計らって、氷川を締め上げようとしたのだ。

「清和くん」

「先生は俺のそばで笑っていてくれ、それだけでいい」

口下手な清和が照れくさそうに言ったので、氷川は柔らかな微笑を浮かべた。くすぐったくなってしまう。

「ショウくんにも言われた」

「俺の弱みが先生だって、みんなにバレているんだよな」

だからこそ、破門された庄司も氷川に助けを求めたのだろう。氷川に対する清和の想いは知れ渡っている。

「弱み？」

「何があっても俺が守るから、とりあえず、何かあった時は俺の名前を出してくれ。俺を思いだしてほしい」

氷川を守りたがっている男は苦しそうだった。今回の件に関して、清和が自分を責めているような気配もある。

「うん」

氷川は清和が無性に愛《いと》しくて、逞《たくま》しい身体にぎゅっと抱きついた。その反動で、ソファが軋《きし》む。

「そんなに」

煽《あお》らないでくれ、と清和の目は雄弁に語っていた。

「僕にも週三日して」

革張りのソファの上で、氷川は清和に跨《また》がった。昔は小さな清和を膝の上に乗せたけれど、今はできない。哀愁を込めた目で、精悍《せいかん》な清和の顔を見つめる。

「抱《だ》き潰《つぶ》してもいいんだな？」

可愛かった坊やが男性フェロモンを醸し出しているので、氷川は慈愛に満ちた顔で微笑んだ。

「いいよ」

清和の大きな手が、華奢《きゃしゃ》な氷川の身体に伸びる。氷川は衣服を脱がせやすいように身体を動かした。

清和の唇が這《は》った後、白い氷川の肌には紅い跡が残る。所有の証《あかし》として、清和はわざとつけているのだ。

「痛っ」

清和がいつになく乱暴で性急なので、氷川の息が荒れた。しなやかな白い肌は染まり、身体も熱くなっている。

「誰にも手は出させない」

興奮しているらしく、清和は想いの丈を口にした。

「……うん」

氷川の目に溢《あふ》れた涙が、清和の唇で拭われた。

「文句も言わせない」

「……清和くん」

清和がオスとしての本性を現した夜、氷川は甘い嬌声《きょうせい》を上げ続けた。

翌日、清和に思う存分責め立てられた氷川は腰が立たなくて、欠勤届を出してしまうはめになった。外来診がなかったので、まだ不幸中の幸いだったが。

抱き潰してしまった氷川を案じたのか、清和は三階にある事務所ではなく最上階のプライベートルームで仕事をする。清和の一声で使っていなかった十畳の洋間は、瞬《また》く間《ま》に事務所になった。

「リッチモンドをすべて売れ」

清和がモニターとデータを交互に見つめながら手放す株の銘柄を指示すると、リキはキーボードを叩《たた》いた。

「はい」

「東電《とうでん》が八百を超えたらすべて売れ」

「はい」

「相馬《あいば》銀行の株価は？」

清和の質問に、リキが答えた。

「マイナス六円」

「カヤイパルプは？」

「プラス八円」

「カヤイパルプをすべて売れ」

氷川は見たこともない清和に困惑しつつも、ドアに寄りかかって声をかけた。

「清和くん？」

「どうした？　痛むのか？」

氷川がパジャマ姿でふらついているので、清和は戸惑っているようだ。

「僕の貯金も使っていいよ。あんまりないけど」

「いいから、寝ていてくれ」

「うん」

清和にとっても正念場だ。約束の期日に、藤堂の前に金を揃えなければ面子《メンツ》を失うことになる。今まで一度もそのような失態を見せたことはない。

「裏の個人資産のほうから回しますか？」

「いや、来月の定例会のためにも裏は置いておく。表から五億出す」

「カヤイとリッチモンドで五億ですね」

「プラス利子だ、藤堂に利子ぐらいつけてやるさ」

背中に二匹の虎《とら》を背負っているリキが、清和の手足となって暗躍した。氷川は見ていることしかできない。宝くじでも買おうと思い立ったが、結局は買いそびれてしまった。なんのことはない、清和に止められたのだが。

清和は宣言した通り、五日で六億もの大金を叩《たた》きだした。リキが直接、藤堂の事務所に運んだらしい。藤堂はしたり顔で清和の手腕を褒《ほ》め称えたそうだ。

「信じられない」

氷川は清和が知らない男のように見えてしまう。

「俺は眞鍋の清和だ」

さりげなく主張した清和が頼もしくもあり恐ろしくもある。可愛い清和を想う氷川の気持ちも複雑だ。

「確かに、そんなことしていたら真面目に働くのが馬鹿らしくなるね」

「仕事を辞めるか？」

うちで遊んでいろ、と清和は目で優しく語っている。

「何を言っているの、清和くんが追われたら僕が養わなくっちゃ駄目なんだし、頑張って経験を積まないと」

誰よりも愛しい清和のために、氷川は以前にも増して勤労意欲に燃えた。清和がそばにいるだけで幸せだった。幸せすぎてどうにかなりそうなくらいだ。

龍《りゅう》の産声《うぶごえ》

1

母親の相川園子《あいかわそのこ》はホステスで、清和《せいわ》は父親の顔も名前も知らなかったし、それらしき男に会ったこともなかった。

母親の男は山の天気のようにころころと替わったが、清和に対する態度は一貫して変わらない。母親のヒモのような男たちは、日課のように些細《ささい》なことで暴力を振るった。

住まいは狭いアパートで、満足な食事は用意されない。給食費の滞納で教師から何度も書面を受け取っている。清和は『あの派手な水商売の女の子供』と、近所の井戸端会議の噂《うわさ》に上った。これが相川清和の身の上だ。

雪の降る日、清和は相川の名と生活を捨てることになったが、説明らしきものは何もなかった。

「今日から橘高《きったか》清和くんだ」

俺がオヤジだ、パパと呼ぶのは勘弁してくれ、と鬼のように恐ろしい外見をした大男が、照れくさそうに優しく微笑《ほほえ》んだ。実母の園子に対して有無を言わせぬ迫力で押し切った男とは思えなかった。

「橘高清和？」

清和は屈強な橘高正宗《まさむね》を見上げたまま、新たなフルネームを口にした。自分の名だとわかってはいるが不思議な感じがする。

「そうだ、橘高清和くんだ」

橘高は嬉《うれ》しそうな顔で清和の頭をがしがしと撫《な》でた。

子供でもなんとなくわかるというか、子供だからなんとなくわかるというか、橘高は母親の男とはまったく質が違う。清和を見つめる目は慈愛に満《み》ち溢《あふ》れているし、ゴツゴツした大きな手はとても優しい。

「清和くん、私がお義母《かあ》さんよ」

義母になる典子《のりこ》が、橘高の隣で艶然《えんぜん》と微笑んでいた。実母の園子と同じように派手な顔立ちの美女だが、どこか匂《にお》いが違う。歳《とし》のせいかもしれないが、そこはかとない貫禄《かんろく》があった。和服姿も決まっていて、個性的な現代柄をすんなりと着こなしている。綺麗《きれい》にまとめた髪の毛には、飴色《あめいろ》の簪《かんざし》が挿されていた。

いくらなんでも、いきなり現れた女性を母親とは思えない。

清和の戸惑いに気づいているのか、典子は少しだけ悲しそうな顔をしたけれども、明るい口調で言葉を重ねた。

「ここが清和くんのおうちよ」

ネオン街で子供を育てるわけにはいかない。清和を引き取るにあたって、橘高は眞鍋《まなべ》組のシマに建つビルの一角から閑静な新興住宅地に自宅を移した。

自営業経営の触れ込みで購入した瀟洒《しょうしゃ》な一戸建てには、さまざまな植物が植えられている庭があった。形のよい楓《かえで》の木は特に見事だ。

二階にある日当たりのいい部屋が清和に与えられる。十畳の部屋は子供が好きそうなもので占められていた。清和が欲しくてたまらなかったものもある。

「欲しいものがあったら言ってね」

私はお義母さんになるのは初めてだからよくわからないのよ、と典子は優しい笑みを浮かべる。

典子に歓迎されていることは肌で感じていた。だが、清和はどのような言葉を返せばよいのかわからなかった。

毎食、栄養のバランスがとれた典子の手料理が食卓に上る。典子は痩《や》せ細《ほそ》っている清和を心配していた。

「好き嫌いはあるの？」

エプロンをつけた典子が心配そうに尋ねてくるので、清和は目の前に並んだ手料理を見つめて答えた。

「べつに」

「いっぱい食べて大きくなってね」

典子に優しい手つきで頭を撫でられる。その手は近所に住んでいた綺麗な幼馴染《おさななじ》みを思いださせた。

「うん」

「いい子ね」

何不自由ない生活が始まった。義父は指定暴力団・眞鍋組の若頭を務める橋高正宗で、義母は男勝りだが家庭的な典子。

これが橋高清和の身の上だった。

世間は狭いというか、人の口に戸は立てられないというか、橋高の素性はいつの間にか近所に知れ渡ってしまった。地味なスーツを着ていても橋高は迫力がありすぎたし、眉間《みけん》の傷は職業を容易《たやす》く連想させる。

小学校では『ヤクザの息子』だと陰口を叩《たた》かれた。中年の担任教師など、何かあればヤクザが怒鳴り込んでくるのではないかと、清和を腫《は》れ物《もの》のように扱った。

清和は何を言われても平気だったが、橋高は苦悩に満ちた顔で詫《わ》びを口にした。

「俺はヤクザだ。許してくれ」

橋高がどうして謝るのか、清和は今ひとつわからなかった。ヤクザの息子だと罵《ののし》られても痛くも痒《かゆ》くもない。担任教師に給食費の滞納をクラスで注意されるほうがずっと辛かった。

「養子と女房がどんな目に遭っても、俺は極道から足を洗うことはできない」

橘高は極道という生き方に、確固たる信念があるようだ。清和はそんな橘高に無言で頷《うなず》いた。

惜しみない情愛を注いでくれる橘高は、クラスの悪ガキが言うような『人間のクズ』ではない。人間のクズとは、実母に金をたかり、無力な子供を気分次第でいたぶった男たちだ。清和はそのように考えている。

恐縮している橘高を庇《かば》うように、典子が威勢よく言った。

「清和くん、ヤクザの息子だからっていじめられたら、胸を張って言い返しなさい。『俺がヤクザの息子だからって、お前にどんな迷惑をかけた？』ってね。ヤクザの息子ってだけでガタガタ言う奴とは仲良くしなくてもいいじゃない。堂々としていなさいよ。弱い犬ほどよく吠《ほ》えるんだから」

「弱い犬ほどよく吠える？」

「そうよ、弱い犬ほどよく吠えるの」

ニヤリと笑った典子の言葉は、清和の心に深く刻まれた。

典子は極道の妻らしく、実母の園子と同じように派手な衣服を身に纏《まと》う女だったが、清和に対してはどこまでも母親だ。

眞鍋組で睨《にら》みを利《き》かせている橘高も父親だった。

2

清和《せいわ》が眞鍋《まなべ》組の橘高《きったか》に引き取られて数年たった。相川《あいかわ》清和を名乗っていた頃が嘘《うそ》のように、橘高清和としての生活に馴染《なじ》んでいる。

日中の穏やかな天候が嘘のように、冬の気配を肌で感じる秋の夕暮れだった。冷たくて激しい風が、赤く染まった葉を落としている。橘高家の庭でも枯れ葉が風に舞っていた。

インターホンを押すと、すぐにドアが清和のために開かれる。エプロンをつけた典子《のりこ》がにっこりと微笑《ほほえ》んでいた。

「お帰りなさい」

「ただいま」

「今日は凄《すご》い風ね」

典子は清和の髪の毛に落ちた枯れ葉を取った。

「あぁ」

典子は学校から帰ってきた清和を見上げると、楽しそうに目を細めた。

「清和くん、そろそろ制服がきついんじゃない？」

「あぁ」

清和は声変わりを終えた途端、急速に身長が伸びた。中学二年生だというのに百八十センチを超えている。少年特有の線の細さは残っているけれども、以前のようにガリガリというわけではない。水泳部に所属しているので、肩幅は広く、薄い筋肉が身体《からだ》全体についていた。全身のバランスがとてもよい。顔立ちも凜々《りり》しく整っているので、学校だけでなく近所でも評判の男前だ。清和には『ヤクザの息子』というレッテルが貼《は》られているが、今では面と向かって口にする者はいなかった。清和自身、一目置かれるようになっているからだろう。

橘高にしても生活自体は慎ましく、世間の常識から外れることはしない。いつしか、世間の風当たりも柔らかくなっていた。ご近所の奥さま曰《いわ》く『橘高さんはヤクザだけど紳士なのよ』だ。橘高家に眞鍋組の関係者が出入りすることも稀《まれ》にあったが、問題は一度も起こさなかった。

「新しい制服を買わないとね。このぶんだとオヤジよりも大きくなるわよ。今から楽しみだこと」

典子は日々逞《たくま》しく成長していく清和に目尻《めじり》を下げている。

清和は照れくさくて何も言えない。学生鞄《がくせいかばん》から弁当箱を取りだして典子に渡した。美味《うま》かった、ありがとう、と感謝の気持ちを告げたいのに言えない。

典子は明るい笑顔で空になった弁当箱を受け取る。照れ屋で口下手な清和の気持ちはちゃんと通じているようだ。

　清和と典子はどこにでもいる母と子だった。

「ご飯の用意ができているから、着替えていらっしゃいな」

　典子は家政婦を雇わずに、家事を一人でこなしていた。毎日のように、広い家の中をピカピカに磨いている。どこぞの主婦のように、パチンコやカラオケに行くわけでもなく、旅行などで家を空けることもない。もちろん、ホスト遊びなどもしない。意外なぐらい家庭的だ。

「あぁ」

「今夜、オヤジが組の方を連れてくるみたい」

「わかった」

　清和は二階にある自室で黒い学生服を脱ぐと、シャツとジーンズに着替えた。ラフな姿とはいえ、私服になると中学生には見えないだろう。

　本棚を見ればその人がわかるという説があるが、思春期の少年らしいとはあまり思えない本が並んでいた。純文学もないけれども、エンタテインメント系の小説もない。清和が自分の意思で購入したものは、歴史と伝記に関する書籍だ。清和が文学少年でないことだけは確かだった。

　ちなみに、橘高が清和に与えた本棚は北欧製のとても高価なもので、家具は一生物だという販売員のセールストークに釣られたそうだ。立派な本棚に並んだ百科事典は典子が用意した。

どっしりとしたオーク材の学習机には、何種類もの参考書が並んでいる。清和は予習と復習を欠かさないし、自室にいる時は勉強ばかりしていた。塾などに通ってはいないが、テストではいつも首席争いをしている。学校での素行にも問題はなく、品行方正な優等生で通っていた。家庭でも義父母の手を煩《わずら》わせたことは一度もない。

完璧《かんぺき》すぎるほどの優等生ぶりに、橘高は首を傾《かし》げている。どうしてそんなに真面目《まじめ》なんだ、と。

ファブリックはカーテンと同じブルー系で、成長に合わせて買い替えたベッドはセミダブルだ。それ以外にものらしいものは置いていなかった。

衣服の収納は備えつけのクローゼットやベッドの下の引き出しで足りるので箪笥《たんす》やチェストはない。オーディオ類もなければ、ゲーム類もなかった。女性タレントのポスターも貼っていなければ、それらしきものもない。少年向けのマンガ雑誌すらないのだ。小遣いは充分に与えられているので、それらのものが欲しければ得ることができる。だが、清和はそういったものに興味はなかった。少年の匂《にお》いがしない部屋だ。

清和自身、同級生が子供にしか見えず、クラスの中では少々浮いている。連れている同級生はいるが、親友と呼べるほど仲のいい友人はいない。そんなことを気にする清和ではなかったけれども。

一階に下りると、人の声が聞こえてくる。橘高のほかにも誰かいるようだ。声のする部屋へ向かう。

大きなダイニングテーブルには、典子の手料理が並んでいた。多忙な橘高も珍しく帰宅していて、テーブルについている。家庭にいても全身から迫力が滲《にじ》んでいるので、食卓は橘高の存在だけで任俠《にんきょう》の世界になっていた。見慣れた光景なので、清和は何も思わない。

若頭である橘高の自宅には眞鍋組の構成員が顔を出すことがあるが、今夜は幹部の牧《まき》も同席していた。ヴェルサーチの個性的なスーツに身を包んだ牧は、ヤクザというよりホストに近い容姿を持つ色男だ。長い髪の毛には色が入り、ピアスと繊細な銀の指輪もよく似合っている。しかし、甘い容姿とは裏腹に、組のために身体を張って刑務所に入り、男を上げた極道だ。二十七歳の若さで幹部に名を連ねているが、誰も異議は唱えない。橘高も心の底から見込んでいる若手の幹部だ。

橘高が清和に牧を紹介した。

「ボン、一度会ったことがあるかな。うちの幹部の牧だ」

「牧さん、お久しぶりです」

清和は橘高の向かいに座っている牧に、凜《りん》とした声で挨拶《あいさつ》をした。それから、橘高の横に静かに腰を下ろす。礼儀は橘高から叩《たた》き込《こ》まれていた。

「清和くん、ちょっと見ないうちに……」

牧は清和の成長に驚いていているらしく、目を大きく見開いている。以前会った時、清和は変声期の真っ最中で、長身の牧の肩までしか上背はなかったし、完全な少年体形だった。

清和は驚愕《きょうがく》している牧に視線だけで返す。

「牧、うちのボン、デカイだろう」

橘高はニヤリと笑うと、呆然《ぼうぜん》としている牧に渋い声で言った。

「はい、このぶんだとカシラよりも大きくなるんじゃないですか」

組長の身長は抜きましたね、と口にしない。清和が組長の実子であることは周知の事実だ。

清和自身、自分の本当の父親が誰であるか知っている。

もう説明したらわかるだろう、誰かの耳から入って知るぐらいなら俺が話す、と橘高がすべての経緯《いきさつ》を教えてくれたのは去年の冬の夜だった。ある程度、予想していたので、清和に衝撃はなく、冷静に受け止めた。

実父である眞鍋組の組長に、会ったことは一度もない。けれども、実父は清和を陰から何度も見ているという。実父の清和に対する深い情愛を、橘高は哀愁を込めて切々と語った。事実、清和は実父に認知されていたというし、何もなければそれ相応の援助は受けていただろう。すべての原因は実母が巻き起こした騒動だった。

「あぁ、俺よりもデカくなるだろうな」

男だから大きいほうがいい。息子にはすべてにおいて俺を上回ってほしい。が、父親としてそう簡単に息子に追い抜かされたくはない、と橘高は複雑な表情を浮かべている。子供が離れていく寂しさを隠さない。

「清和くん、イイ男になりますよ」

牧は甘ったるい表情を清和に向けた。彼には女性を夢中にさせるホスト並みのフェロモンが漂っている。

清和は牧に返事ができなかったが、代わりに橘高が戎顔《えびすがお》で言葉を返した。

「そうか」

「いや、今でもモテるでしょう。清和くんは公立の中学校に通っているんですよね？　女の子に騒がれているんじゃないんですか？」

牧は楽しそうに中学校での清和を予想した。

「そうなのか？」

橘高に話を振られたけれども、清和は無言で首を振った。

どちらかといえば、無口な清和を知っているので、橘高もそれ以上は突っ込まない。牧に視線を向けるとニヤリと笑った。

「うちのボンは照れ屋さんでな」

照れ屋と言われると面映《おもは》ゆいが、清和は口を閉じている。下手に口は挟まないほうがいい。

「男の子はそうですね」

牧はしたり顔で相槌《あいづち》を打つが、橘高は口元を緩めた。

「男の子ってガタイじゃないけどな」

「綺麗《きれい》な顔立ちをしている。顔で食えますよ」

清和は澄んだ目が印象的で、鼻梁《びりょう》も高く、すっきりと整った顔立ちをしている。体質なのだろうが、ニキビもなかった。

眞鍋から受け継いだ血筋なのだろうか、あまり親しみやすいムードは持っていない。よく遠巻きに女生徒から見つめられるが、面と向かって言い寄られることは少なかった。自信と勇気のある女生徒から告白されるたびに、清和はすげなく断っていたけれども。

「そうか」

「すぐに男になるでしょう」

牧と橘高はホクホク顔で清和を眺めている。清和が最高のおつまみらしい。

あまりにもまじまじと見つめられて、清和は自分が珍獣になったような気がしたが態度には出さなかった。

「そうだな」

成長した清和を想像しているのか、橘高はどこか誇らしそうだ。

「しかし、本当にそこらへんのタレントよりもイイ顔をしている。ホスト顔負けですよ」

「顔じゃ食っていけない、と教育しているんだが」

華やかな美女だった実母の暮らしぶりを目の当《ま》たりにしていたので、清和に橘高の懸念は無用だ。容姿はなんの役にも立たないことをよく知っている。

「そうですか」

橘高の教育方針に牧は軽く微笑んだ。

「どんなに顔がよくても駄目だ。どんな顔でもいいから認められる男にならないと」

清和は口を挟まずに、無表情で橘高と牧の会話を聞いていた。容姿についてあれこれ言われても、コメントのしようがないのだ。

典子が笑顔全開で、料理を牧に勧めた。

「さぁ、さぁ、もう、召し上がれ」

和食を基本にした家庭料理だが、育ち盛りの清和を考えてボリュームのあるものが並んでいる。冷凍食品やレトルト食品は食卓に並ばない。すべて、典子のお手製だ。

清和は備前焼《びぜんやき》の皿に盛られた料理を黙々と口にした。野菜はあまり好きではないが、食べないわけではない。人参《にんじん》もナスも天婦羅《てんぷら》だと食が進んだし、キュウリとワカメの酢の物も残さなかった。

美味《うま》いです、と典子の手料理を褒《ほ》めながら、牧は箸《はし》を進めている。彼は心から尊敬している橘高だけでなく、女房にあたる典子にも最大限の礼儀を払っていた。非の打ちどころのない極道だ。

「牧、柊《ひいらぎ》の嫁さんから事務所に電話があったんだろう」

橘高は海老《えび》の天婦羅を箸で突《つつ》きながら、牧に言葉をかけた。

「はい」

「柊は警察に顔を出したのか?」

柊とは眞鍋組の幹部で、清和と同じ歳《とし》の息子がいるが、手のつけようがなくて何度も警察に補導されている。柊は自分もさんざんなことをしてきたので、息子を更生させられないらしい。柊の息子は眞鍋組の構成員候補とまことしやかに囁《ささや》かれていた。

「姐《あね》さんに行かせたそうです」

「そうか……あぁ、典子、お前も柊のことは知っているな。柊の息子が賽銭泥棒《さいせんどろぼう》をしたとかで、警察に呼びだされたそうだ」

橘高は怪訝《けげん》な顔をしている典子に、柊の息子について説明をした。

「賽銭泥棒? なんて罰当たりな」

典子は荒々しく悪事を詰《なじ》った。善悪の判断がつかない年頃の清和に、募金箱に手を突っ込ませた実母の園子《そのこ》とはまったく違う。もちろん、典子が正しいと今は清和もわかっている。

柊の息子の悪事で思うところがあったのか、橘高は神妙な顔つきで清和に尋ねた。

「小遣いは足りているのか？」

橘高だけでなく牧もまじまじと見つめてくるので、清和は苦笑を浮かべて答えた。

「充分貰《もら》っている」

「そうか、欲しいものがあったら言え。必要なら金は惜しまない」

橘高が言外に匂わせている言葉は確かめなくてもわかるので、清和は箸を置いて返事をした。

「はい」

橘高や牧の懸念は典子の機嫌を損ねたようだ。典子は険しい顔つきで、橘高の肩を軽く叩いた。

「あなた、うちの清和くんを柊さんちのドラ息子と一緒にしないで」

典子が低い声で凄むと、橘高は肩を竦《すく》めた。

橘高は外では眞鍋組の若頭として睨《にら》みをきかせているが、自分の女房には頭が上がらない。典子には若い時から苦労ばかりさせてきたという。橘高を支え続けている典子は姐さんの鑑《かがみ》だと、眞鍋組の構成員は口を揃《そろ》えた。

橘高ぐらいの男になれば、若い女を囲っても当然と受け止められる。とうとう子供を産めなかったので、典子も表立って非難はしないだろう。橘高も木や石でできているわけではないので、たまに玄人女性《くろうとじょせい》と軽く遊ぶが、愛人として囲ったことは一度もなかった。典子はただ一人の女房として大切に守られている。

橘高夫妻の絆《きずな》を間近で見て、清和は感心してしまった。あまりにも実母とその男たちとは違うからだ。

「まぁな」

「近所の女子大生を強姦《ごうかん》した加藤《かとう》さんの息子とも一緒にしないでよ」

加藤は眞鍋組の構成員で、ノミ屋サロンを仕切っている中年の幹部だ。一本筋が通っている父親と違い、息子はただのワルである。それも性悪との噂《うわさ》だ。窃盗などには手を出さないが、まっとうなカタギの女をいたぶる。おまけに、その女を脅して、風俗店で働かせる。女が稼いだ金は自分の小遣いだ。高校はとっくの昔に中退しているが、十七歳とは思えない所業だった。

極道も人の親だが、自分の子供では手を焼いている。

実を見れば木がわかる、という一説があるけれども、今の子供は違うと眞鍋組の旧世代は感じていた。

世代の違いに関しては、橘高家に出入りしている眞鍋組の関係者から、清和もチラリと聞いたことがある。

「あぁ」

「無免許運転でとっつかまった中井《なかい》さんの息子とも一緒にしないで。あそこは暴走族だったかしら」

　中井も眞鍋組の構成員で、武闘派として極道の世界では名を通しているが、橘高も認める気骨のある男だ。清和と同学年の息子は暴走族のメンバーだったが、マフィア顔負けの悪事に手を染めているらしい。中学校にもほとんど通っていないし、父親である中井に向かって刃物を振り回したそうだ。本職である父親は息子を叩きのめしたそうだが、だからといって更生するわけでもない。あの親にしてこの子あり、という声もあるが、半端ではなかった。

「あぁ」

　ポンポンポンッ、と弾むように喋《しゃべ》る典子に、橘高は曖昧《あいまい》な返事しかできない。そんな夫婦を牧は楽しそうに眺めている。清和も澄んだ目で見ていた。

「清和くんは頭もいいし、運動神経もいいし、真面目だし、学校の先生からは褒められたわよ。私は誰からも文句を言われたことはないわ」

「どうして俺の息子がそんなにいい子なんだ？」

　難しい年頃の清和が荒れまくって他人に迷惑をかけることになったら、橘高は身体を張ってでも更生させると、引き取る際に覚悟を決めていたらしい。手のかからない清和に、橘高は拍子抜けの日々を送っている。

橘高の呟《つぶや》きのような質問に、典子は胸を張って答えた。

「私が育てたもの」

「あのな」

橘高はポリポリと首の後ろを掻《か》いたが、典子は誇らしそうに言った。

「先がとても楽しみな生徒です、我が校の自慢の生徒ですって、どの先生も清和くんをベタ褒めよ」

「先生、俺の職業を知っているのか？」

ヤクザの息子というだけで、清和を見る目が変わることを橘高はよく知っている。

典子はヤクザとは無縁の一般家庭の娘だったが、虎《とら》の刺青《いれずみ》を彫った橘高と結婚した途端、勘当された。以来、典子は実家との交流がない。典子は最初から勘当覚悟で橘高と結婚したので後悔していないと、清和は聞いたことがあった。強い女性だとしみじみ思う。

「ヤクザの息子だって知っているかもしれないけど、何も言われたことはないわ。あなたは自営業経営にしているわよ。橘高ローンの社長だからどっちにしろ、サラ金のオヤジなんだけど」

典子は意志の強い目で語ると、橘高はグラスに手を添えて頷《うなず》いた。

「そうか」

「ヤクザの息子だからって、清和くんにごちゃごちゃ言うような教師に教わるものなんてないわね」

極道の息子や女房にも人権はあると、典子は力強く言い放った。偏見に満ちた世間と静かに闘ってきた重い言葉だ。

「……典子」

橋高は典子の気の強さに感心しているようだ。牧も尊敬の目を向けている。

「清和くんは自慢の息子よ」

「俺もだ」

「誰にも文句なんて言わせないわよ」

「あぁ」

清和はいっさい口を挟まず、食事に専念する。照れくさくてそれどころではないのだ。牧も楽しそうに橋高夫婦の会話を聞いているだけで、口を挟むことはなかった。

夕食を食べ終わると、橋高は牧とともに出かけるという。同行を言い渡された清和は素直に頷いた。顔が広い橋高とともに出かけるのは嫌いではない。

「今から?」

典子は清和を連れていく橋高にいい顔をしない。明日は日曜日、清和に学校はないが、時間は八時を過ぎている。

「あぁ、社会勉強だ」

典子は橘高のいう『社会勉強』がどういうものかわかっているだけに、手放しで賛成できないようだ。

「まったく、もう、清和くんは大きくてもまだ中学生よ」

「わかっている」

「あまり飲みすぎないでね」

典子は橘高の背中を軽く叩いて送りだした。

牧が運転する黒塗りのベンツは眞鍋組のシマへ向かう。橘高と清和を乗せているので慎重な運転だ。

清和は広々とした後部座席に座り、車窓から見える風景を眺める。すると、隣に座っていた橘高がなんの前触れもなく昔話を始めた。

「俺は学校なんぞほとんどろくに通っていない」

身寄りのない若い女性が売春婦に身を落として、父親のわからない子供を産んだ。夜の街にはよくある話だが、その私生児が橘高である。橘高は裏の世界で生きるしかなかった。

「はい」

「勉強なんて嫌いだったし、そんな暇もなかったんだが……何せ、オフクロは俺が物心ついた時にはアル中でボロボロだったからな。まだ若かったのに」

橘高は病んだ母親を養うため、悪事に手を染めた。長じて、極道に名を連ねたけれども、非道なことはしていない。ヤクザがまだ任俠軍団らしかった頃に武闘派として名前を上げている。ほかの暴力団関係者も一目置く、昔気質《むかしかたぎ》の極道だ。

「はい」

「……ま、俺もろくな男じゃなかったんだが。きっちりとグレたしな」

普段と橘高が違うので、清和は怪訝な顔をした。

「オヤジ?」

「典子も泣かせたが、若い時にはほかの女もさんざん泣かせた」

橘高の歯切れは悪いし、いつもの覇気もないので、清和は涼やかな目を細めた。

「それで?」

「あぁ、俺がボンの歳の頃にはもういっぱしの男というか、まぁ、ワルだった。眞鍋の組長だって、そうだ」

橘高にしろ眞鍋の組長にしろ、幸せな星の下に生を受けた子供ではなかった。二人とも自分の力で這《は》い上《あ》がった叩き上げだ。橘高家に出入りしている極道たちから、清和もそれとなく聞いていた。

「そうか」

「だが、自由には生きただろう。誰も守ってはくれなかったが、誰も束縛はしなかった。自分自身の体験でいろんなことを学んだものだ」

「はい？」

「いいところのお坊ちゃまは簡単に騙《だま》されたし、真面目なだけの学歴男もあっけなく罠《わな》にハマった」

　貧乏人からは金を掠《かす》め取《と》らなかったが、金持ちからはたんまりといただいたと、橘高はどこか遠い目をしながら話を続ける。

「はい」

「人生に経験はつきものだ」

　橘高は自分で自分が何を言ってるのか把握しているのか、把握していないのか、清和には判断がつかないが律儀に返事をした。

「はい」

「世間知らずと無知は時に取り返しのつかない事態を招く。世間も変わったが人も変わった」

「はい」

「今の極道は任侠ではなく、なんでもありの暴力団になっている。だが、カタギさんも昔とは違う」

　心なしか、車内にはどんよりとした重々しい空気が漂った。原因はすべてまとまりのない橘高の話だ。

「そうなのか」

「極道よりも性悪なカタギのほうがタチが悪い。だが、それ以上に女のほうがタチが悪い。男は女につけ込まれる」

「はぁ」

　いきなり女の話が出たので、清和は呆気《あっけ》に取られた。

「この世の半分は女だからな」

「それで？」

　要領を得ない話を続ける橘高に、いつもの迫力とキレはない。何が言いたいのか、清和にはわからなかった。

「……あぁ、やっぱり、俺もオヤジなんだよな」

　柄でもないのに橘高はひどく照れて、右手で顔を隠すように覆う。見るに見かねた牧が口を挟んだ。

「清和くん、カシラは贅沢《ぜいたく》な悩みを持っているんですよ。あまりにも清和くんが真面目だとね。勉強とスポーツに励む健全な青少年ぶりが眩《まぶ》しすぎるそうです」

清和は言うべき言葉が見つからなかった。

文部科学省が作り上げた優等生の見本のような清和に、橘高が心配するのも当然かもしれない。清和は学校と自宅の往復だけの日々を黙々と送っている。おまけに、何かをねだったこともなければ、わがままを言ったこともなかった。橘高や典子に反抗したこともない。大人びているといえばそうだろうが、何かがどこか違うのだ。

養子だから気兼ねをしているのではないか、自由に遊べないのではないかと、そんな懸念が橘高にはある。

無理をしすぎて、後になって凄《すさ》まじい反動がくるのではないかと、清和の将来を見据えてしまう。

自由に生きていい、俺だってさんざん無茶をやったんだから少々のことならば黙認してやる、と橘高は伝えたかったらしい。

「いい機会だから、女の抱き方を教えてやろう」

女に興味を持つ年頃になったが、清和にはそんなフシがまったくなかった。純情なのか、真面目すぎるのか、橘高には判断がつかない。だが、優等生の仮面を必死に被っているならば、外させてやろうと考えていた。

「知っている。母親が男と絡んでいる姿はガキの頃から見ていた」

清和が顔色ひとつ変えずに言い返すと、橘高は苦笑を浮かべた。

「見ているだけじゃ、わからないだろう」

「オヤジも知っているだろう。俺を産んだ女は母親じゃなかったし、ヒモみたいな男も普通じゃなかった」

実母に対する清和の嫌悪感《けんおかん》は根強く、端整な顔立ちが引き攣《ひつ》っていた。

「あれは見るものではなくてヤるものだ」

橘高が貫禄《かんろく》たっぷりに言ったが、清和は唖然《あぜん》として二の句が継げなかった。

「男になれ」

清和には眞鍋と橘高の息のかかった男として、どんな誘惑と罠が待ち受けているかもしれない。橘高の懸念は説明されなくても悟ったが、清和はどのような反応をすればいいのかわからない。

「オヤジ」

「女が嫌いなのか？」

橘高の質問に躊躇《ためら》うことなく清和は答えた。

「いや」

「女が怖いのか？」

若い男は女の前に立つと、どうしても萎縮《いしゅく》してしまう。相手が絶世の美女ならばなおさらだ。虚勢を張る男もいるが、見苦しいだけである。

「べつに」

「それならばいい。男は女が好きな生き物だ」

普段の調子を取り戻したらしく、橘高は余裕を漂わせている。橘高とは裏腹に、清和は言葉が出なかった。

「そういう身体になっているから当然だ」

「………………」

「すぐにイきそうになったら、小難しい数式でも唱えろ。俺は般若心経《はんにゃしんぎょう》を唱えて堪えたことがある。緊張で勃《た》たなかったら、女になんとかしてもらえ」

「………………」

「今夜は帰ってくるな」

橘高に鼓舞するように肩を叩かれて、清和はなんとも形容しがたい表情を浮かべた。

「……オヤジ」

「明日、帰る時は牧に送ってもらえ。一人で出歩くなよ」

橘高は上着のポケットの中から、牧の携帯番号を記したメモを差しだす。牧もハンドルを右に切りながら、仏頂面《ぶっちょうづら》の清和に声をかけた。

「必ず連絡をくださいね」

清和は男らしい眉《まゆ》を顰《ひそ》めて拒絶した。

「一人で帰れる」

「ボン、やめてくれ」

橋高は清和の意思を即座に却下した。

「どうして？」

「ここら辺を一人で歩くのはやめてくれ。いいな」

教育上よろしいとは言えない風景が、車窓の向こう側に広がっている。けばけばしい看板を掲げた雑居ビルが乱立していた。

「なら、どうして俺を連れてきた？」

「社会勉強のためだ。ついたぞ」

牧がハンドルを操る車は、眞鍋組のシマである虚構の街についた。

「どうぞ」

牧が素早い動作で運転席から降りて、橋高と清和のために後部座席のドアを開けた。橋高の前では、末席とはいえ幹部に名を連ねている牧でも単なる運転手だ。

赤ら顔の中年男が派手な商売女と、堂々といちゃつきながら歩いている。両脇《りょうわき》に美女をぶらさげて歩く恰幅《かっぷく》のよい紳士もいた。下着にしか見えないような衣服を着た若い女性が、通り過ぎる男に声をかけている。若い二枚目のホストが、見るも無残な容姿をした中年女性をエスコートしていた。金がものをいう街である。

清和が夜のネオン街に連れてこられたのは今回が初めてだ。それなのに、清和はいっさい動じず、不思議なくらい自然に不夜城に溶け込んでいる。

「ようこそいらっしゃいました」

高級クラブの重厚なドアの前では、ママらしき和服姿の女性が若いホステスを従えて立っていた。それぞれに着飾った夜の蝶《ちょう》たちは、媚《こび》を含んだ笑顔を浮かべている。化粧ときつい香水の匂いが夜風とともに漂っていた。

清和はホステスだった実母を思いだす。実母もこうやって、客に媚を売って金を稼いでいたが、若い男で使い果たした。つくづく馬鹿《ばか》な女だと思う。そんな思いが心の底から湧《わ》き上《あ》がってくる。

「遊ばせてもらう」

橘高は魅力的な女性たちに鼻の下を伸ばすこともなく、優しく微笑んでいるママに接した。

「ゆっくりしていってくださいませ。今日はとても素敵な方をお連れでいらっしゃいますね」

ママは未成年の清和も歓迎する。眞鍋組の橘高が連れているならば、猫であっても大切な客だ。

「あぁ」

橘高は息子だと紹介しなかったが、聡《さと》いママは気づいたようだ。清和に向かって下心のない笑顔を向けた。

「典子姐《ねえ》さんにはお世話になりました」

面倒見のいい典子を母とも姉とも慕う者は少なくはない。清和は軽い会釈をして応《こた》えた。

「そうですか」

「楽しんでくださいね。典子姐さんも固いことは仰《おっしゃ》いません」

「はい」

粋《いき》なママがVIP席へといざなった。

「こちらへどうぞ」

大理石のテーブルにはアレンジメントされた白い薔薇《ばら》とクリスタルの灰皿が置かれている。どっしりとしたソファは座り心地がよい。壁には著名な画家の静物画が飾られ、豪華なシャンデリアのライトは女性の顔が一番綺麗に見えるという暗さまで落とされている。

競うように綺麗に着飾ったホステスたちは近寄ってこない。指示があるまで、ソファに座って待機しているのだ。仕切りのように並べられた白い胡蝶蘭《こちょうらん》の鉢植えの向こう側から、VIP席の気配を窺《うかが》っている。

「どの女がいい？」

橘高は単刀直入に清和に尋ねた。

「…………」

橘高の前では高級クラブのホステスも売春婦になる。眞鍋興業資本のクラブなので、仕方がないのかもしれない。守るべき仁義として、清和の筆下ろしの相手候補の中に、構成員の関係者はいなかったけれども。

「胸も大きいが、あの女は気立てもいいぞ」

一際華やかな美女が、媚を含んだ笑みを清和と橘高に投げている。自分のセールスポイントであるふくよかな胸を強調するようなドレスを着ていた。

待機しているホステスは、指名されることを望んでいるようだ。それぞれにタイプは違うが、夢のような美女が揃《そろ》っている。女優の卵や駆けだしのモデルもいた。

「赤い服を着ている女は優しい」

初めてということを考慮しているのだろうか、橘高は清和に性格の穏やかな美女を勧める。

「紫色の着物を着た人がいい」

雪国出身かと思うくらい色が白くて陰のある和服姿の女性を、清和は躊躇《ためら》いもなく指名した。寂しそうな細面は印象的だが、華やかな美貌《びぼう》と豊満な肉体を誇る女性に比べると、少々見劣りしてしまう。歳も一番いっていて、無条件に若いとはいえない。

「そうか」

清和の女性の好みに、橘高は少し驚いたようだが何も言わない。傍《かたわ》らにいたママに視線を投げた。

「ママ」

「はい、志乃《しの》ね。秋田《あきた》出身の子なのよ」

ママはボトルのセットをしていたボーイに視線を投げた。すぐに、ボーイは一礼するとテーブルから下がる。清和が指名した和服姿のホステスの元に向かった。

「俺と牧は飲みに来た」

橘高は綺麗な遊び方をするので、夜の蝶の間では絶大な人気を誇っていた。

「はい」

「乾杯はドンペリのピンクだ。みんな、飲んでくれ」

「ありがとうございます」

ママがにっこりと笑うと、清和が指名した和服姿のホステスがやってくる。細い声で挨拶をした。

「初めまして、ようこそいらっしゃいました。志乃と申します」

言い含められた志乃は清和の手を引いて、クラブから出ていく。

清和が女性と腕を組んで街を歩いたのは初めてだった。もちろん、女性とホテルに泊まるのも今夜が初めてだ。

クラブがある大通りから裏通りに入ると、それらしいロケーションが広がっていた。

さまざまな趣向《こ》を凝らしたラブホテル街は、大通りの喧騒《けんそう》が嘘のように静まり返っている。土曜日の夜なので、満室のランプがついているホテルが多い。

「お名前をお聞きしてよろしいですか?」

比較的落ち着いた外観のホテルに入る前、志乃に名を尋ねられた。

「清和」

「清和さんとお呼びしてよろしいのかしら」

「あぁ」

清和は気負わずに、年上の女のリードに任せた。

「こちらへ」

志乃が選んだ部屋は、しっとりと落ち着いた雰囲気が漂っていた。やたらとベッドが大きいのは、使用目的が決まっているからだろう。

「ほかに若くて綺麗な女がたくさんいたのに、どうして私のような女を選んでくれたの?」

これは志乃の手管なのだろうか。売り方なのかもしれない。女のプロとして金を稼いでいるのだから、自分にそれなりの自信があるはずだ。華やかな女に魅《ひ》かれる男は多いだろうが、陰のある女にそそられる男もいる。

「不満か？」

「まさか、とても嬉《うれ》しいわ」

清和は憂いを含んだ志乃の白い細面をじっと見つめた。白い肌といい黒目がちな目といい、日本人形のようだった昔《むかし》馴染《なじ》みに似ている。女が嫌いなのではない。女に興味がないわけでもない。女以上に好きな男が清和にはいるのだ。

志乃を選んだ理由を清和は告げなかった。

「清和さん？」

「あぁ」

志乃の上品な唇が近づいてきて、そっと重なった。女の唇は柔らかい。絡みついてくる腕は細かった。

清和には悔しくてたまらなかったあの場面が甦《よみがえ》る。

諒《りょう》兄ちゃんがニキビ面《づら》の男とキスをしていた、どうしてあんな奴とキスなんかしていたんだ、あんな奴が好きなのか、と清和は思いだすだけで腸《はらわた》が煮えくり返りそうだ。

女の白い手が清和の衣服を脱がせる。成長途中だが、綺麗な筋肉がついた男の身体が現れた。凄まじい威力が秘められているような若い肉体だ。

「清和さん、歳は……って、聞いてはいけないのよね。立派だこと」

清和の股間《こかん》の一物を見た志乃の溜《た》め息《いき》が漏れる。声は期待に震え、全身から壮絶な色気が漂っていた。

「帯、俺はわからない」

清和は志乃の帯に手を回したが、どうすればよいのかわからない。

「そんなこと、あなたにさせません」

憂い顔の秋田美人は自分から帯を解《ほど》いて、細い裸身を晒《さら》した。しっとりとした肌は透き通るほど白く、成熟した大人の女の色気が漲《みなぎ》っている。志乃の肌から綺麗な幼馴染みの裸体を想像してしまった。

「女は初めてなの?」

「あぁ」

清和は素直に答えた。橘高にこのようなお膳立《ぜんだ》てをしてもらわなかったら、当分の間は童貞だっただろう。清和は未経験であることを恥だなんて思ってはいなかった。クソ真面目というわけではなく、倫理観に縛られているわけでもない。興味がなかっただけだ。女に目の色を変える同級生の気持ちを頭では理解していたが。

「初めてとは思えないほど落ち着いているわね」

「どうして慌てるんだ?」

生意気な清和のセリフに、志乃はにっこりと笑った。

「頼もしいこと」

おとなしそうに見えた志乃だったが、男の腕の中ではどこまでも淫《みだ》らな痴態を晒す女だった。惜しむことなく、女のすべてを清和に教えてくれる。

その夜、清和は男になった。


翌朝、志乃はルームサービスを取った。焼きたてのパンとハムエッグという軽い食事が、トレーに載せられている。香りのいいコーヒーが、白いカップに注がれた。

「清和さん、お砂糖はいくつ？」

「ひとつ」

「ミルクは？」

「たくさん」

志乃が甲斐甲斐《かいがい》しく世話をしてくれるので、清和はされるがままになっていた。

「お名残惜《なごりお》しいわ」

ホテルから出た志乃がポツリと呟く。

男になったからといって、何が変わったわけでもない。それでも、男にしてもらった志乃に対して、清和はそれなりの態度を示した。

「あぁ、また……」

「いつでも呼んでちょうだいね」

「あぁ」

朝のネオン街は昨夜とはまったく趣を変えていて、静まり返っている。スーツ姿の男が道端で寝ているのに、清和は驚いてしまった。

「ここではよくあることなのよ」

「酔っ払いか」

電信柱にはジーンズ姿の若い男が蹲《うずくま》っていた。清和と志乃が通り過ぎても身動きひとつしない。

「ええ」

橘高には念を押されたけれども、牧に連絡を入れるつもりはない。最寄りの駅は近いし、送り迎えが必要なほど自分が非力だとは思わなかった。

「清和さん、駅はこちらよ」

「あぁ」

最寄りの駅に着くと、黒塗りのベンツから長身の牧が降りてきた。苦笑を浮かべながら悠々と近寄ってくる。

「連絡をくださいと言ったでしょう」

清和はバツが悪かったが、取り繕ったりはしなかった。

「牧さん……」

「ここにいれば捕まえられるとは思っていたけど。あぁ、志乃さん、ありがとう」

牧は志乃に視線を投げた。

それだけでわかったのだろうが、志乃は寂しそうな微笑を浮かべると、何も言わずに深く腰を折った。己を弁《わきま》えた淑《しと》やかな女性だ。

清和は志乃に視線で別れの挨拶をすると、黒塗りのベンツに乗り込む。牧が一声かけてから黒塗りのベンツを発進させた。清和は一度も振り返らなかった。

「眠かったら、どうぞ寝ていてください」

昨夜を想像しているのか、牧が気遣いを見せる。

「あぁ」

清和は目を閉じたけれども、眠ることはなかった。そして、牧と言葉を交わすこともなかった。

「何かあったらいつでも呼んでください。清和くんの足になりますよ」

別れ際の牧のセリフに、清和は苦笑を漏らした。よく歯が浮かないものだと感心すらしてしまう。

したり顔の橘高に勢いよく肩を叩かれて、清和はいたたまれなかったが、意地でも動じたりはしない。何も聞かれなかったので助かった。

初めての外泊に典子も何も言わない。

女を知ったからといって、清和自身にはなんの変化もなく、前と同じような日々が続いていた。

3

社会勉強と称した夜から一週間が過ぎた。先週の土曜日よりも、日が暮れるのが早くなっているようだ。

校門から出て少し歩くと、赤いポルシェが清和《せいわ》の隣で停《と》まった。車の中から白いスーツに身を包んだ牧《まき》が降りてくる。靴まで白で揃《そろ》えている牧は、どう見てもヤクザというよりホストだった。目つきはそれなりに鋭いが、肉感的な唇にはそこはかとない色気がある。

「清和くん」

牧が男性フェロモンを垂れ流しつつ、清和に向かって手を挙げた。

「牧さん？」

橘高《きったか》に何かあったのかと、清和は一瞬身構えたが、牧に緊張感は微塵《みじん》も漂っていなかった。

「家まで送っていくよ」

「いえ」

「遠慮しなくてもいい」

赤いポルシェの助手席のドアが、清和のために開けられた。

「…………」

橘高が信頼している舎弟の言葉を無視できず、清和は赤いポルシェに乗り込んだ。カーステレオから音楽が流れてくる。

牧が使用している柑橘系《かんきつけい》のコロンの香りが車内にほんのりと漂っていた。清和には無縁のものだ。

「黒の詰め襟を着ていたら、ちゃんと学生に見える。中学生には見えないけどね」

牧はハンドルを右手で操りながら、助手席に座っている清和に言葉をかけてきた。

「そうですか」

黒い詰め襟の学生服を着ていても、しょっちゅう高校生に間違えられているので、清和はなんとも思わない。

「清和くん、水泳部に所属しているんだってね。温水プールがあるの？」

「ありません」

「じゃあ、今の季節は何をしているの？」

たまに近所にあるスイミングスクールで練習するが、清和は面倒くさくて説明しなかった。

「走り込みです」

「水泳部って夏以外は陸上部なのか」

「そうですね」

茜色《あかねいろ》に染まった街並みを、牧が運転する派手な外車は走り抜ける。帰宅途中の学生からは注目を浴びていた。歩道を進む数人の同級生と目が合ったので、清和は口元を歪《ゆが》める。たぶん、週明けには何か言われるだろう。

『あれはポルシェだろ、高いんだよな』

『誰の車なんだ？』

『運転していた人は誰なんだ？』

『どういう関係の人なんだ？』

同級生たちから質問攻めにあうかもしれない。人のことなど放っておけばいいのに、興味本位で突っ込んでくる。清和は同級生を煩《わずら》わしいとしか思えない。

なんの前触れもなく、突然、牧は話題を変えた。

「志乃《しの》さんだっけ？　秋田美人《あきたびじん》とのその後は？」

「べつに」

初めての女は『いつでも呼んでちょうだいね』と甘く囁《ささや》いた。清和は志乃の言葉に頷《うなず》いたけれども、あれ以来、何もない。ふたたび、橘高《きったか》にあのクラブに連れていかれたならば、志乃を指名するだろうが。

「クールだね、初めての相手は忘れられないというのに」

牧に言われるまでもなく、清和も初めての相手を忘れたりはしないだろう。それでも、志乃について牧と話したくないのですげなく答えた。

「そうですか」

「失敗したの？」

男の沽券《こけん》に関《かか》わることを言われたが、清和は顔色を変えたりはしない。淡々と言葉を返した。

「彼女はそんなことを言っていたんですか？」

「いや、そういうことは聞いていないけどね」

橘高ですら体験談は尋ねてこなかった。したり顔で肩を盛大に叩《たた》かれただけだ。清和が黙り込むと、牧は慈愛に満ちた表情を浮かべた。

「カシラも酷なことをしましたね」

「………？」

「俺にはわかっています」

牧の声音は明らかにいつもと違っていた。意識的に低く落としているようだ。

「何がですか？」

「その歳《とし》で女に目の色を変えないのは理由があるからだ。清和くん、俺には嘘《うそ》をつかなくていいですよ」

牧は顔を隣に座っている清和に向けた。

前方不注意だと清和は咎《とが》めたりはしないが、牧の言葉と意味深な表情に凜々《りり》しい眉《まゆ》を顰《ひそ》める。

「嘘？」

「本当に綺麗《きれい》な顔をしている。とても魅力的だ」

清和を凝視する牧の目はどこか妖《あや》しい。

「牧さん？」

ねっとりとした牧の視線に、清和は生理的嫌悪《せいりてきけんお》を覚えた。車窓から見える風景は、自宅がある新興住宅街への道筋ではない。

どこに連れていく気なのか、清和はひとまず牧の出方を見ることにした。牧が自分を利用して、橘高や眞鍋《まなべ》組に何かを求めるとは考えられない。清和は冷静だった。

「ムショで暮らして自分がどういう男かわかったんです。清和くんもそうでしょう。男と女なんてそう変わりはない。男同士でも愛し合うことはできる」

牧の唇が清和の唇に軽く触れた。

「何をする」

清和はいっさい動じずに、不埒《ふらち》なことをしかけてきた牧を睨《にら》み返《かえ》した。だが、牧は引かなかった。

「清和くんがしてほしいことを俺がしてあげます」

「なんだと？」

「優しくしてあげるから素直になってください」

牧の甘い声を聞いていると鳥肌が立った。

「オヤジがあんたを信頼しているのは俺もよく知っている。これ以上、ふざけた真似はするな」

牧の目的を知った清和は、嫌悪感を隠さなかった。同性の幼馴染《おさななじ》みに秘めた想《おも》いを抱いてはいるが、それとこれとは話がべつだ。やみくもに男が好きというわけではないので、そういう人種ではないだろう。

「俺も橘高のカシラは心から尊敬しています。カシラのためならばいつでも命を捨てる覚悟がある」

牧は組長よりも若頭の橘高に心酔している。橘高に死ねと言われたら、喜んで死ぬだろう。極道の世界にどっぷりと浸っている男は呆《あき》れるほどヘヴィだ。清和には言葉ひとつで鉄砲玉となって死んでいく男の神経が理解できなかった。

「おい、車を停めろ」

車内で暴れたかったが、清和はぐっと堪《こら》えた。

「俺に任せてくれれば悪いようにはしません。あんな女よりもずっといい思いをさせてあげます。怖くありませんよ」

どこからそんな声を出しているのだろうと、首を傾《かし》げてしまうような甘い声が車中に響き渡る。

「あのな」

「一度経験してみればどうってことはないし」

牧が口にする行為を想像することさえ、清和は生理的な嫌悪でできなかった。

「…………」

「痛くはしない。優しくする」

女を口説いているとしか思えない牧のセリフに、清和は馬鹿馬鹿《ばかばか》しくなって、言葉を返すのも億劫《おっくう》になってしまう。この俺によくそんな言葉が吐けるな、と鼻白むだけだ。

「男が男を好きだからって何も悪いことじゃない。俺が清和くんを大事にしますよ」

牧がハンドルを操る赤いポルシェは、ポツンと建っている地味なモーテルの駐車場に吸い込まれるように進んでいった。

「そうか」

牧には何をどのように言っても無駄だ。言葉では意思が通じない相手がいることを、清和は経験で知っている。実母がそうだったが、一度思い込んだら何があっても認めようとはしない。自分の思い通りにことが進まないとキレまくるし、やつあたりもする。幼かった清和は荒れまくった実母に無言で耐えたものだ。

「さぁ……」

清和がおとなしくなったのだと、牧は安心しきったのか先に車から降りた。清和のために助手席のドアを開ける。

「恥ずかしがらなくてもいい」

「そうか」

清和が車の外に出ると、牧の端整な顔はだらしがないくらい緩んだ。

「カシラには黙っておく。約束するからね」

心酔している橘高の義子に手を出そうとするのだから、牧もたいした度胸の持ち主だ。

「そうか」

「誰にも言わないから安心していい」

牧が肩を抱こうとするので、清和は身体《からだ》を引いた。

「困るのはそっちだと思うが？」

「清和くん？」

清和は牧の頬《ほお》を力の限り殴り飛ばした。

牧は凄《すさ》まじい勢いで背後に飛んだが、すぐに体勢を立て直す。そして、信じられないと

俺は好きなんだろう？　君も男が好きなんだろう？　俺は

いった風情《ふぜい》で叫び返した。

「何をするんだっ」

「あいにく、俺はそういう男じゃない」

「俺には嘘をつかなくてもいいって言っているだろう。君も男が好きなんだろう？　俺は

匂《にお》いでわかる……くっ」

清和は牧の鳩尾《みぞおち》にきつい一発を決める。しかし、牧も背中に極彩色の梵天《ぼんてん》を背負う玄人《くろうと》

だ。これぐらいで気を失ったりはしない。

「二度と俺の前にその面を出すな」

「どうして素直になれない？　君がヌいているオカズは男だろう」

頭に血が上ったのか、牧も清和に摑《つか》みかかってくる。身長も体重も少しだが牧のほうが

上回っていた。

「黙れ」

「女でヌいたことなんてないだろう」

襟元を締め上げられたが、清和は渾身《こんしん》の力を振り絞って、牧の長い腕から逃げる。一歩

下がってから、大声で怒鳴り返した。

「煩《うるさ》いっ」

腕力は牧のほうが確実にありそうだ。清和は瞬時に力の差を感じ取っていた。

「君は女にうつつを抜かすような男じゃない」

「いい加減にしろよなっ」

清和の拳《こぶし》が牧の顔面にヒットしたが、牧の拳も清和の腹部に入る。二人は同時に低く唸《うな》った。

「清和くん、俺が誰よりも優しくしてあげる。素直になれ」

「馬鹿にもほどがある。それで幹部か」

「そこまで言うならば、わからせてあげよう。自分がどういう男かね」

古いモーテルの駐車場で壮絶な殴り合いが始まった。監視カメラが設置されていないのか、モーテルのスタッフはやってこない。

「痛……」

牧の一発はまともに食《く》らうとズシリとくる。線の細い男でも、やはり牧はプロだ。どんなに清和があがいてもしょせん素人《しろうと》である。

「この野郎っ」

「清和くん、悪いが俺はプロだよ。君に勝ち目はない」

一流のプロと一流のアマが戦えば、勝利者は決まっている。三流のプロと一流のアマが戦っても、勝利者は決まっている。プロとアマの差はそれほどまでに大きい。

殴った回数は清和のほうが上回っている。だが、受けたダメージは清和のほうが大きかった。清和の全身には汗が流れている。

牧には清和の殴打を平然と受け止める強靱《きょうじん》な肉体があった。

「腕力だけじゃなくて、頭の中もプロだったらよかったのに」

清和が嫌みを言うと、牧は驚いたように肩を竦《すく》めた。

「おとなしい子だと思っていたのに結構言うね」

無口なので誤解されることは珍しくないが、決して清和はおとなしいわけではない。牧はとんでもない妄想を清和に抱いているのだ。清和は絶句した。

「いい加減、自分を認めて」

「だから、その弱い頭をなんとかしろ」

「素直に抱かれなさい」

牧のセリフが気色悪くて、清和は憤死するかと思った。さっさと牧の口を塞《ふさ》がないと、気がおかしくなってしまう。

「気持ち悪ィな」

ぐっ、という呻《うめ》き声《ごえ》を上げて、牧は苦しそうに地面に蹲《うずくま》った。清和が牧の急所を蹴《け》り上《あ》げたからだ。

「……は、反則」

「プロがそんなことを言うな」

清和は地面に蹲った牧に、トドメを差した。

ヤンキー上がりの牧はケンカの仕方を知っていて、相手に後遺症を与えないように打ちのめそうとするが、清和はそんな手ぬるいことはしない。問答無用で相手を叩《たた》き潰《つぶ》す。清和自身、卑怯《ひきょう》な手段だとは思っていない。

こういうことにルールはないのだ。卑怯だと罵《ののし》るならばスポーツでもしていろと主張したい。

実母の男に意味もなく暴力を振るわれたが、何度か股間《こかん》を蹴り上げて逃げた。逃げなければ、殺されていたかもしれない。酔っている男には狂気が走っていた。

コンクリートの地面に倒れている牧を真上から見下ろすと、清和は忌々《いまいま》しそうに舌打ちをした。

「どうやって、うちまで帰りゃいいんだ」

清和はモーテルの駐車場から外に出た。

自宅がある住宅街とはまったく雰囲気の違う風景が広がっている。けれども、清和は途方に暮れたりはしない。橘高が懸念していたように、真面目《まじめ》が取り柄《え》だけの行動力がない男ではないからだ。清和は迷わずに、自力で自宅へ向かう。途中、公衆電話から典子《のりこ》に『帰りが遅くなる』という連絡を入れることも忘れない。

自宅に辿《たど》りついた時、辺りは夕闇《ゆうやみ》に包まれていた。

「遅かったわね」

いつもと同じように、典子は笑顔で迎えてくれた。

「あぁ、連れとちょっと……」

牧は頭に血が上っていても、清和の顔には決して傷をつけなかった。一瞥《いちべつ》しただけでは、乱闘帰りには見えないだろう。薄汚れた学生服は駅のトイレで綺麗に拭《ふ》いている。清和なりにカモフラージュはしていた。

「清和くん、待ちなさい」

典子は傷痕《あと》が残る清和の拳を摑んだ。

「……ちょっと、ね」

目ざとい典子に、清和は苦笑を漏らすしかない。

「ちょっと、って」

清和は自室に逃げようとしたが、目を吊《つ》り上《あ》げた典子に押し留められた。

「なんでもないから」

典子は清和の詰め襟の学生服を強引に剝《は》いだ。問答無用の勢いで、シャツの裾《すそ》も引《ひ》き摺《ず》りだしている。

「ちょっと待て」

清和は思い切り焦ったが、典子を止めることはできなかった。今の彼女には鬼子母神《きしもじん》がついている。

「清和くん、何よ、これはっ」

清和の引き締まった腹部には、牧から食《く》らった殴打の痕がいくつも残っている。典子の顔つきは、一瞬にして険しくなった。

「なんでもない」

清和は凜《りん》とした口調で言ったが、典子を安心させることはできなかった。

「なんでもないってことはないでしょう。いじめられたの？」

典子には今でも清和が小さな子供に見えるらしい。清和は呆気《あっけ》に取られたが、噴きだしたりはしなかった。

「小学生じゃあるまいし」

「オヤジのせいでヤられたの？」

橘高の職業が職業だけに、何かあるたびに典子は神経を尖《とが》らせている。清和を大事に思う母心だ。

「違うよ」

典子は信じられないという表情を浮かべた。

「まさか、ケンカ？」

清和は典子に真実が告げられないし、何があっても知られたくはない。それでも、典子に嘘はつきたくなかった。難しい年頃の少年は、微妙な心情で揺れ動く。

「そうしとこうか」

清和が遠くを見つめて言うと、典子の目は一段と険しくなった。

「清和くん、その奥歯にものの挟まったような言い方は何？」

母親の貫禄《かんろく》だろうか、典子には何も言い返せない迫力がある。清和は苦笑いを浮かべると、首を左右に振った。

「たいしたことじゃねぇから」

「清和くんがオヤジの若い頃みたいな男だったら、私は驚かないわよ。きっと、前歯を全部折って帰ってきても驚いたりはしない」

典子の凄絶《せいぜつ》な比喩《ひゆ》に清和は困惑した。

「十代で総入れ歯か？　差し歯ですむのか？」

「肋骨《ろっこつ》や鼻骨を折って帰ってきても、刃物で刺されて救急車で運ばれても、驚いたりはしないわ。あのオヤジの若い頃は凄《すご》かったもの」

橘高の過去を語る典子には、鬼気迫るものがあった。折りにふれ橘高の武勇伝は聞いているが、典子の口から聞くとまた意味合いが異なる。

「オヤジ、若い頃はそんなに凄かったのか？」

「ええ、今でこそ若頭として落ち着いているけど、何度死にかけたか……あいつは自分の命を大事にしない極道だったからね。私は何度覚悟を決めたか覚えていないわ。よく今まで五体満足で生きているわよ」

無鉄砲な橘高の過去を語る典子の頭に、角が見えたような気がした。清和は我が目を疑ったが、決して乱闘の後遺症ではない。すべて典子の迫力だ。

「そうか」

「そんな話をしている場合じゃないわね。清和くん、今までケンカなんてしてきたことなかったじゃない」

とうとう典子に腕を摑まれてしまったので、清和は今まで口にしなかった過去を告白した。

「生意気だとしかけられたことはあるよ。表沙汰《おもてざた》にならなかっただけで、何度か乱闘騒ぎは起こしている」

挑まれたことは何度もあるが、小者は相手にしなかった。受けて立った時には二度と歯向かわないように、手心をまったく加えずに叩きのめしている。表沙汰にならなかったのは、清和の腕っ節の強さと性格だった。

「そうなの？　いやだ、まったく知らなかったわ」

典子は清和の腕を摑んだまま立ち竦んだ。

「ごめん」

清和は謝罪を口にしたが、悪びれてはいなかった。必要なケンカだったという自信がある。

「……まぁ、男だから仕方がないのよね。あなたのオヤジは血の気の多い男だし、眞鍋の組長も若い頃は気が遠くなるほど激しい男だったわ」

清和の実父を口にする典子はどこかサバサバしていた。

「そうなのか」

「でも、清和くんはやっぱり賢いのね。オヤジといい組長といい、小さなケンカを大乱闘に発展させる男だったもの」

典子は清和の腕を放すと、不器用にしか生きられない武闘派たちについて語った。

「そうか」

「殴られても耐えろなんて、私は絶対に言わない。不条理な暴力には『目には目を』で立ち向かえばいいわ。殴られたら殴られた分だけ暴れてもいい。でも、相手の命と自分の身体は大事にしてね。清和くんは極道じゃないんだから」

確固たる典子の教えに、清和は大きく頷いた。

「わかっている」

「ご飯、食べられるの？」

典子は清和の腹部を指で差しながら、静かな口調で尋ねた。

「食う」

清和はプロの凄まじい拳を腹部に受けたのだ。腹部が痛くて、何も食べたくはないが、今の清和には意地があった。こんなのどうってことない、メシだってちゃんと食ってやる、と。

清和に残っている少年らしさを、典子は手を振りながら一蹴《いっしゅう》した。

「無理はしないの。こう見えても私は橘高の女房よ」

見透かされていたと知り、清和は低く唸った。

「……ま、その前に、傷の手当てをしましょうか」

清和の傷の手当てをする典子は、楽しそうに鼻歌を歌っていた。気風《きっぷ》がよくて懐《ふところ》が深い母親だ。


翌朝、パジャマ姿の清和が自室から出ると、橘高が廊下で待ち構えていた。ドアをノックしようとした瞬間だったらしい。橘高は朝の挨拶《あいさつ》もせずに用件を言った。

「話がある」

「ああ」

ソファなど置いていないので、二人ともフローリングの床に直接、胡座《あぐら》をかく。橘高は神妙な面持ちで切りだした。

「牧がな、詫《わ》びを入れてきた。目の前で指を詰めようとするから止めたが、いきなりだったから面食らった。俺は牧に指なんぞ詰めさせたくはない。……いや、俺は牧が指を詰めるようなことをしたとは知らなかった」

昨夜、今にも死にそうな牧は力なく言ったそうだ。『清和くんから何も聞いていないのですか』と。

清和は何も橘高には告げていない。できるならば、牧に関しては何も告げたくない。

「指なんかいらない」

清和がきっぱりと拒絶すると、橘高は大物の態度で尋ねてきた。

「何があったのか聞かせてもらおう」

「牧さんはなんて？」

「何も言わなかった。ただ自分が悪かったと、そればかり繰り返している。色男面がバケモノみたいに腫《は》れ上《あ》がっていたぞ」

後始末の選択権は清和に握られているようだ。牧も幹部に名を連ねるだけあって単なる馬鹿ではない。

「そうか」

清和は牧の行動を知り、ほっと胸を撫《な》で下《お》ろした。

「それで？　暴力の理由は？」

「オヤジが知る必要はない」

「オヤジは聞きたいぞ。お前の暴力沙汰なんぞ初めてだからな」

何やら橘高は興奮しているようだ。いつも身に纏《まと》っているはずの迫力は影も形もなかった。

「嬉《うれ》しそうだな」

清和が怪訝《けげん》な顔で見つめると、橘高は軽快に膝《ひざ》を叩いた。

「そりゃ、そうだ。小学生の頃なんて『ヤクザの息子』だの『人殺しの息子』だの、さんざん罵られても無言で耐えていた。うちのボンは気が弱いのかと思ったら、そうでもないのか？　摑みどころがないと思っていたら、今回はいきなり玄人を叩きのめしたんだからな」

「眞鍋組の若頭は自分のところの構成員を叩きのめされて喜ぶのか」

清和が懸命に被っていたポーカーフェイスが無残にも崩れてしまう。

「ボンの成長と腕っ節に喜んでいる」

「オヤジ」

「俺も若い頃は腕っ節だけで生きていたからな」

橋高はニヤリと不敵に笑った。極道の勲章である眉間《みけん》の傷も笑っているようだ。

「とりあえず、俺はヤクザじゃないから、牧さんの指なんかいらないし、詫びもいらない。何もなかったことにしてくれ」

激しい殴打を食らった腹部は相変わらず痛むし、食欲などまったく湧《わ》かない。だが、橋高が牧を信頼し、必要としている限り、清和は口を挟むつもりはなかった。組のことに顔を突っ込む気は毛頭ない。眞鍋に対する態度は典子が手本を見せている。関わらないほうが賢明だ。

「オヤジに秘密を持つなんて」

橋高は寂しそうに言ったが、どこか芝居がかっている。

「子育ての本を鬼のように読んでいるオヤジだ。それが当然だとわかっているだろう」

橋高は読書家でもないのに、子育てに関するいろいろな書物を読み漁っていた。組長のただ一人の実子を引き取ったという責任感があるのかもしれないが、橋高は清和の成長に心血を注いでいる。

清和も大事にされているのがわかっているので、何があっても揺らいだりはしない。

「俺のことはいい、お前だ、お前がヤクザ関係の記事を読んでいるのは知っていたが」

清和が義父と実父の職業に興味を持って当然だ。ヤクザの息子というだけで、幾度となく迫害されたし、畏怖《いふ》の対象にもなった。結果、極道は割に合わない商売だと実感した。

「俺はヤクザになる気はない」

「あぁ、それでいい。極道は世襲制じゃないからな」

自分の子供に同じ修羅《しゅら》の道を進ませたくはない、と思っている極道は多い。橘高にしろそうだ。勤勉な清和にはまた違った道が開けていると、橘高も考えているらしい。

「一応断っておくが、俺は暴力団を否定していない」

「そうか」

「社会の必要悪のひとつだ」

「はみだし者が暮らせるところは限られているからな」

人は皆、平等なんて嘘っぱちだ。生まれた時からこの世は不平等だと、橘高だけでなく清和も子供の頃から知っている。どんな世界にでも表があれば裏があり、日陰でしか暮らすことのできない人種がいるのだ。

「はみ出し者か」

「悪事はするが非道はしない、義理が重たい日本の極道には、守るべき道というものがある。俺は古いと罵られようとも自分の道を進む。お前も自分の道を進めばいい」

橘高は組の維持費を稼ぐために、覚醒剤《かくせいざい》の密売に手を染めることに反対しているが、台所事情を考えると無下に終わらせることもできない。組織を維持するためには、どうしてもまとまった金が必要だった。橘高も苦しい立場にいる。

「あぁ」

「将来、何になりたいとかあるのか？」

橘高が父親の顔で尋ねてきたので、清和は本心を告げた。

「金が稼げる男になりたい」

清和の将来の展望が意外だったらしく、橘高は感心したように目を見開いた。

「ほう」

「金のない苦労は身に染みて知っている」

清和は満足に食事ができない苦しみを知っている。水で空腹を誤魔化《ごまか》した時代を忘れてはいない。だからこそ、今の生活を幸せだと感じることができた。

「欲しいものがあったら言えよ」

「心配しなくても賽銭《さいせん》泥棒やひったくりなんかしねぇよ」

「あぁ、信じているぞ。俺はガキの頃にひったくりもかっぱらいもやったけどな」

無我夢中で生き抜いてきた橘高には、永遠に敵わないような気がした。舎弟たちが心酔する気持ちもわからないではない。

「そうか」

「俺が金を作ってこないと生活ができないんだ。オフクロはまだ若かったのにボロボロだったから」

橘高の実母はどこか雰囲気が典子に似ているそうだ。ボロボロでも橘高には大切な母親だったらしい。

「ボロボロのオフクロか」

清和の脳裏に実母の顔が浮かんだ。その華やかな美貌《びぼう》で組長に見初められ、高級マンションに囲われて、そこで満足しておけばよかったのに、調子に乗りすぎたのだろう。出過ぎた愛人の末路は哀れなものだ。

橘高もかつては姐《あね》さんと呼んだ園子《そのこ》を思いだしたようだ。清和を引き取って以来、初めて園子の消息を穏やかな口調で語った。

「園子さんは大阪《おおさか》にいるぞ。パトロンがついて、ミナミで高級クラブのママをしている。結構な暮らしをしているそうだ」

「オヤジ……」

清和が驚愕《きょうがく》で目を見開くと、橘高は慈愛に満ちた笑みを浮かべた。

「お前が以前住んでいたところに顔を出していると、小耳に挟んだ。お前は目立つ、それは覚えておいたほうがいい」

実母に会いたくて、あの場所に行ったわけではない。会いたかったのは、日本人形のように綺麗だった幼馴染みだ。

二人で時を過ごしたアパートの前にある公園で佇《たたず》んでいると、氷川《ひかわ》夫人と息子を見かけ

た。幸せそうな母子に、不要となった養子の悲しみを見て、清和の心が痛んだ。結局、どんなに待っても大切な幼馴染みとは会えなかった。

「そうか」

「園子さんはお前の母親だ。母親に会うのになんの遠慮がいる。会いに行けばいい。そろそろ園子さんも丸くなっているだろう」

会いたかったのはあの女じゃない、と清和は口に出さなかった。

優しかった幼馴染みと会って、何かしたかったわけではない。ただ、会いたかった。いや、あの綺麗な姿を見たかった。ほんの一目見るだけでもよかった。気持ちを上手《うま》く表現することができないけれども。

綺麗な幼馴染みに対する想いは誰にも告げられず、心の底に秘めたままだ。

「母親というよりも女だった。俺のオフクロは橘高典子」

清和が低い声で宣言すると、橘高の鋭い目が和らいだ。

「そうか、典子が聞いたら泣くぞ」

橘高は照れを隠すように茶化した。

「俺はオフクロを泣かせたくはないな」

母親としての無償の愛を注いでくれる典子は、決して悲しませたくはなかった。一日も早く一人前になって親孝行がしたい。

「俺は苦労させたからな」

「それ以上、苦労はかけるなよ」

典子が橋高のせいでどれだけ辛苦を舐《な》めてきたか聞いているので、清和は切々とした口調で言った。

「ちょっと前までは可愛《かわい》いボンだったのに、言うようになったな」

「………」

「やっぱり、あの秋田美人のおかげか？」

橋高は意味深な笑みを浮かべているが、清和は曖昧《あいまい》な返事で誤魔化した。

「さあね」

「本当に食えない奴だな。……ま、そういう男のほうがふてぶてしく生きていけるんだが」

ノックの音とともに、典子の明るい声が響いてきた。

「朝ご飯は？」

「あぁ」

橋高と清和はのっそりと、同時に立ち上がった。

「ボン、確認しておく。もう、あえて、何があったのかは聞かないが、牧を処分しなくてもいいんだな」

橘高が神妙な面持ちで尋ねてきたので、清和はドアノブに手を伸ばしながら答えた。

「あぁ、牧さんはオヤジを尊敬しているんだろ。そんな奴を処分することはないさ」

「うちに連れてきてもいいのか？」

「できれば、やめてほしい」

牧とは二度と会いたくなかった。清和の偽らざる本心だ。

「わかった」

橘高はニヤリと笑うと、清和の肩を乱暴な手つきでがしっと抱いた。そして、典子が待つダイニングルームへと向かう。

この時、清和が眞鍋組の跡目として背中に昇《のぼ》り龍《りゅう》を祀《まつ》ることになるとは、誰も想像していなかった。

あとがき

思えば遠くへ来たもんだ、なんて感慨にふけっている場合ではありませんが、しみじみとしてしまう樹生《きふ》かなめざます。

氷川《ひかわ》と清和《せいわ》が誕生した頃、樹生かなめの腰も頭もここまで壊れていなかったわよ、と咽《むせ》び泣《な》いている場合ではございませぬ。鏡を見て、悲鳴を上げている場合でもございませぬ。

『おむつ物語』別名『かかあ天下物語』の再会編というべき第一発目がパワー&バージョンUPして再登場です。清和が組長に就任する第二発目も同時に発売されています。これもすべて読者様の応援があったからです。心より感謝申し上げます。

奈良千春《ならちはる》様、今回も素敵な挿絵をありがとうございました。深く感謝します。

担当様、いろいろとありがとうございました。深く感謝します。

読んでくださった方、ありがとうございました。再会できますように。

引っ越しを真剣に考えている樹生かなめ

樹生かなめ先生の『龍の初恋、Dr.の受諾』、いかがでしたか？
樹生かなめ先生、イラストの奈良千春先生への、みなさんのお便りをお待ちしております。
樹生かなめ先生へのファンレターのあて先
〒112-8001　東京都文京区音羽2-12-21　講談社　文芸X出版部「樹生かなめ先生」係
奈良千春先生へのファンレターのあて先
〒112-8001　東京都文京区音羽2-12-21　講談社　文芸X出版部「奈良千春先生」係

本書は二見書房刊『Drは龍に乗る』を大幅加筆修正した作品を収録したものです。

N.D.C.913　326p　15cm

樹生かなめ（きふ・かなめ）

講談社X文庫

血液型は菱型。星座はオリオン座。
自分でもどうしてこんなに迷うのかわからない、方向音痴ざます。自分でもどうしてこんなに壊すのかわからない、機械音痴ざます。自分でもどうしてこんなに音感がないのかわからない、音痴ざます。自慢にもなりませんが、ほかにもいろいろとございます。でも、しぶとく生きています。

樹生かなめオフィシャルサイト·ROSE13
http://homepage3.nifty.com/kaname_kifu/

white heart

龍《りゅう》の初恋《はつこい》、Dr.《ドクター》の受諾《じゅだく》

樹生《きふ》かなめ

●

2009年8月5日　第1刷発行

定価はカバーに表示してあります。

発行者——鈴木　哲
発行所——株式会社　講談社
東京都文京区音羽2-12-21 〒112-8001
電話 編集部 03-5395-3507
販売部 03-5395-5817
業務部 03-5395-3615
本文印刷—豊国印刷株式会社
製本——株式会社千曲堂
カバー印刷—半七写真印刷工業株式会社
本文データ制作—講談社プリプレス管理部
デザイン—山口　馨

ISBN978-4-06-286611-8